JN118089

私、骨董屋やってます

浦田寿乃

未知谷

目次

私、骨董屋やってます

1　「オジョウ」紙物（かみもの）にはまる

私の通り名は「オジョウ」、和物専門の骨董屋をやっている。

いつもは、古伊万里の皿鉢や、古着やお人形を扱っているのだけれど、今回はちょっと、変わった物に目が向いた。

「エンタイヤ」と聞いて、わかる人が居るだろうか。古い切手の付いた、封筒やはがきのたぐいをいう。今はケータイに押されて、郵便物の需要は減ってしまったけれど、日本の郵便の歴史も、それなりに古い。

明治になって僅か四年目、一八七一年四月二十日に日本の郵便事業は創業された。

その当時に発売された切手は、現在とても高価である。

業界でステーショナリーと分類される普通はがきは、一八七三（明治六）年十二月に発行された。今の往復はがきの様に二つ折りになっていて、赤で縁取られていることから「紅枠はがき」と呼ばれている。

当時は、切手もはがきも、職人の手による手彫の版の印刷で作られていた。だからいくら注意を施してもすべてが全く同じに仕上がるわけがない。したがって、エラー切手といわれる、色々な所が少しずつ異なった切手が出来てしまった。現代のコレクターは、その差を楽しんで、コレクションに励む。

私はコレクターという程ではないけれど、大学の卒論テーマとの関わりで郵便を扱ったので、縁がないわけではない。それでも、大人になって、切手とコインのショーへ何気なく行くまで、現物を見たことはなかった。

初めて「紅枠はがき」を見た時、私は、その紅色の美しさに瞠目した。大きさは七八×一六三ミリ、今のA6判はがき（一〇〇×一四八ミリ）より封筒に近い形である。百年余の時代を越えて、その紅色は、なんともいえない薄紅に落ち着きを持って、凛とした趣がある。色といえばピンクの大好きな私であるが、この紅色には一目で、まいってしまった。

私は、切手のショーに出店している店主にガラスケースから現物を出してもらうと、うっとりと見つめた。どうして、手ぶらで帰ることが出来ようか。ひとくくりに、ステーショナリーと呼ばれても、それぞれに、ランクがあって、価値が異なる。下手な筆文字がのたくった品でも、珍しい消印があれば高価である。

そんな中で、私は、未使用で、紅枠の綺麗な物が欲しかった。

初期に作られた〝はがき〟は、カタログ価格でも十五万円近くする。とてもではないが、

「紅枠二つ折りはがき、薄手洋紙、手彫凹版」と書かれていても買えるものではない。

どんどんランクを下げていって、ついに「枠なし二つ折りはがき、カナ別ハ」というのが八千円とあったので、千円まけてもらって購入した。八千円はカタログ価格であったから、買っても骨董屋である私は商売にはならない。あくまでも趣味の世界の贅沢な遊びである。

それでも私は、エンタイヤの世界に魅了されてしまって、ショーがある度に足を運んだ。

お店の店主と仲良くなってコレクションも少しずつ増えていった。

そんな中で新しい出合いもある。「赤二（あかに）」と呼ばれる明治時代に使用されたU小判型の赤い二銭切手だ。これも桜色に近く色が褪せてきてなんともいえない色気がある。しかも沢山使用されていたから、数が多く値段が安い。素人の私でも数が買える。これはとてもありがたいことだ。

そのうちに、私は消印に目覚めてきた。それも〝ボタ印〟という特別な物に。今の消印に当たる、黒くて大きな判子である。各地方へ郵便を送る時の目印として、各都市ごとに名前などを彫り込んだ、イモ判印刷を切手版に小さくしたくらいの形状だ。これも、小型と大型がある。

せっかくの赤二の切手に、これがベチャっと押してあると、切手の表面は見えなくなってしまって残念だ。それでも、私はボタ印の素朴さに惹かれて、専門店のおじさんと仲良くなって、店頭には出さない、秘蔵の逸品なども見せてもらえる様になった。

こうやって、のめり込んで行くのは、私の悪い癖だ。ついに、その癖が、爆発する時が来た。

ある骨董商向けの市場でそれは起こった。大きな古いダンボールに、絵はがきなんぞと一緒に、あの大好きな赤二の封筒が何百枚も入った、生ぶ出し（今まで業者の手が入っていない品物）の品が出たのだ。今までなら、何の興味も湧かずに流してしまうのだけれど、興味の真っ只中に居た私は、思わず身を乗り出した。

発句（最初の値段）は一万円だった。

「しめしめ、これなら十分買えそうだワ」

と手を上げると、

「一万二千円」

と誰かが声をかけた。こうなったら仕方がない。

「一万五千円」

と、とっさに値を上げた。

「二万円」

「二万五千円」

「三万円」

と続いて、意地を張った私が、

「五万五千円」

といったら、相手が降りた。

ちょっと失敗したかな、と思った。大概、セル（商品の値段を競って値が上がってしまうこと）とこういう後悔の念を抱いてしまう。

「オジョウ、誰かに頼まれたのかい？　珍しい物落したじゃないか」と、ヨッちゃんにいわれる始末だ。

それでも良いのだ。ざっと見て、ボタ印付きもあったからと自分を納得させた。

しかし、その後、大変な仕事が待っていた。この数百通（はがきを入れれば千通超）もの仕分けが待っていたのだ。

ショーで購入した「日専」（日本切手専門カタログ）や、日付印の研究書を見ながら、まずは、はがきと封筒に分ける。ボロボロの物から除けて行く。マスクはかかせない。それから希望を持ってボタ印の山を探す。ほとんどが数の多い東京都内向けでちょっとがっかりする。横浜と大阪と京都があるが、高価ではない。函館が出て来て小躍りしたが、カタログ価格で二千円しかしない。これは失敗か。

かえってはがきの消印の方が、時代は少し若くなるが、面白い物がある。「琵琶湖気水船」なんてのが出て来る。

私はこれを今度の骨董ショーに、命知らずにも出品してやろうと考えた。主体はこのダンボール箱の中味である。あとは自分のコレクションを涙をのんで出品する。

約一ヵ月かけて、これらの郵便物を仕分けた。わけのわからない物は、小さめのダンボールに、「一枚百円」と書いて入れた。こういう所はお宝があるんじゃないかと、人が立ち止まってくれたらいいじゃないか。カタログで五百円くらいの品も混ぜてある。

買ったダンボール箱には、おまけが付いて来ていた。小型の書類ケースで、元の持ち主の個人情報が沢山入っていた。名刺、社員証、何故か種痘接種証明書など、この手紙が書かれた時代（全部ではないにしても）を彷彿とさせる品々であった。こんな物どうしようかと思ったけれど、中身を全て小さなプラケースに入れて持って行くことにした。

絵はがきも人物や風景などに分けて、今回の骨董市は紙物屋さんに変身して出店した。店の半分は、イッシィがやっている古伊万里屋だけれど、あと半分の私の場所にはカビ臭い郵便物がいっぱい並んだ。イッシィ（五十代）とは骨董仲間だ。

「さぁ、お客さん見てってよ」

私は精一杯の売り声を上げた。

最初に中年の男性が寄ってくれた。郵便の世界も男社会だ。女性の私なんか趣味人としては、珍しい方だ。男性客は、慣れた手つきで封筒を選り分けていたが、無言で十六通も買ってくれた。電卓でちゃちゃっと計算して、金額をいったら黙ってお金を差し出したので、お礼をいって頂く。まけてくれといわないこういう人はとってもありがたい。たいして買わないのに、端数をまけてくれと、当たり前にいう人がほとんどなんだから、嫌になってしまう。せめて一万円以上買ったらまけてあげるけれど、こちらも商売だからね。

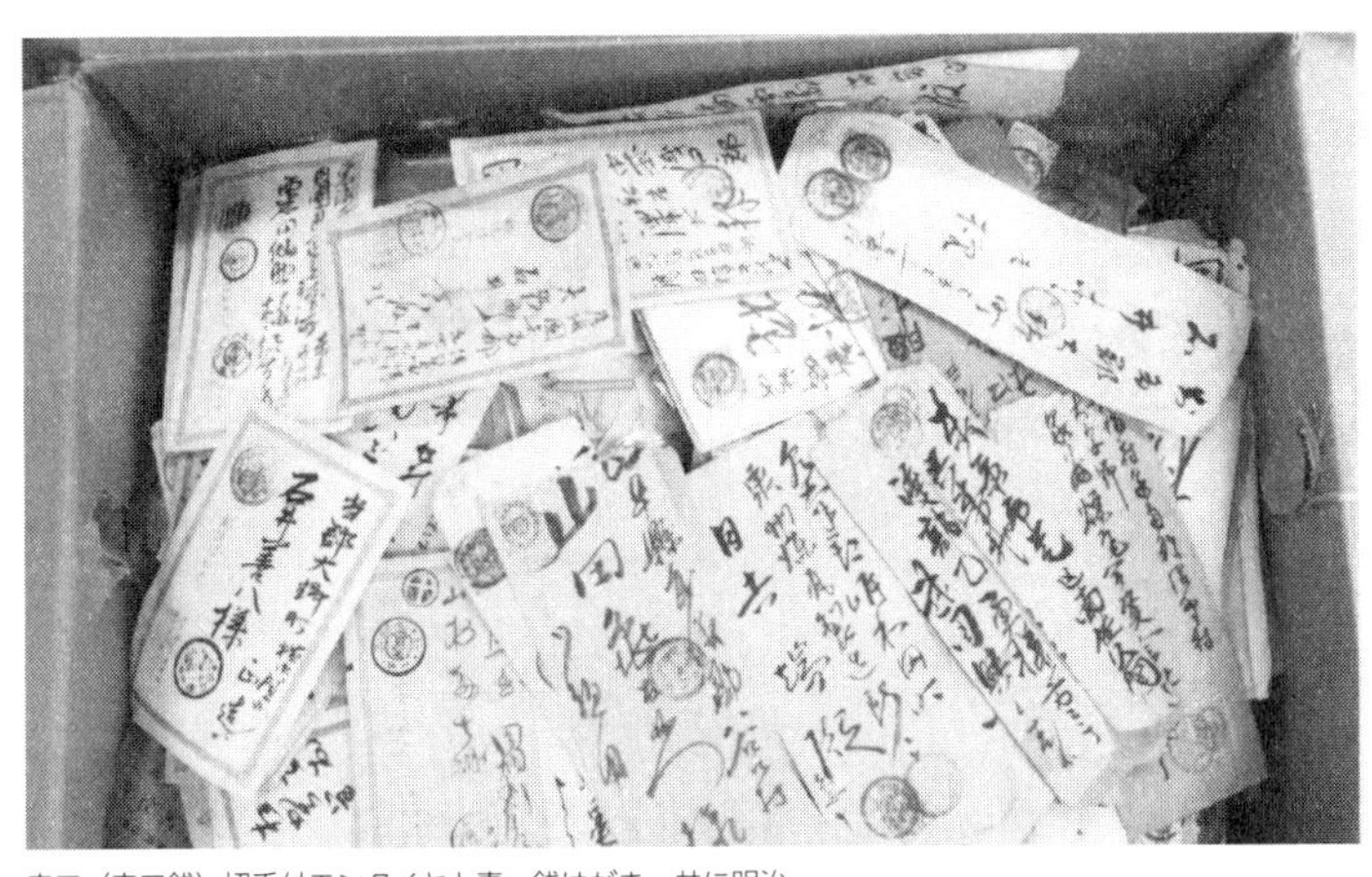
赤二（赤二銭）切手付エンタイヤと青一銭はがき、共に明治

やはり珍品の部類から売れて行く。私のコレクションも、カタログ価格に一割のせてあったのだけれど、紅枠はがきが売れた。自分で選んだ商品が売れた時は、心がドキドキした。

その後、絵はがき愛好家が来て、

「こんな所に、絵はがきの店があるなんて知らなかった」と喜んでくれたのはいいけれど、話好きの長尻で、他のお客さんが来ているのに、他店で買った絵はがきの自慢をし続けるのにはまいってしまう。

他の人が、後ろから手を伸ばしているのに、真ん中にデンと居座る。バーゲン会場のオバチャンみたいにマナーの悪い人だ。後ろの人も見たいならその男に声かけるなどすればいいのに。もっと良く商品を見て欲しい私はイラ〳〵してしまう。様々なお客さんが居るのはいつものことだけれど、急にボタ印の説明を求められたりして驚く。ボタ印は好きだけれど、明治何年に使われて、そのボタ印がいつまで使用されたかなんて、カタログやショーで購入した研究書をかじったくらいだから、うろ覚えだ。

こちらが、わからないと答えると、急にそのお客さんは元気づいて色々と話し出す。知識をひけらかすのだね。きっと家族には相手にされないのだろう。私の知っている事柄も交えて、とうとうと語り続けるのだ。

これで買ってくれたらいいのだけれど、私の商品の品定めをして、こんなもんじゃいけない、××を集めろとか、今は○○が流行りだと、御丁寧におっしゃって、何も買わず本人だけが満足して立ち去って行く。

本当に、こんなふりなお客さんばっかりで、それなのに私の愛する赤二を語る人はない。

こうして、三日間、たった十六万円ちょっとしか売れなかった。もとは五万五千円であっても大赤字である。一ヵ月も分別に時間をかけ、出店料に交通費、お昼代だってかかっているのだ。しかもこの中には薄利で売ってしまった私のコレクションの品代も入っているのだから。

大失敗である。敗戦の大元は商品の幅のなさともいえるけれど、圧倒的に、対象となるお客さんが少なかったことだ。長尻のお客さんのことを書いたけれど、そんな人も居なくなると、骨董市に来ている他の、万人を数えるお客さんから、本当に見向きもされない商品を私は並べていたのだった。

完敗ではあるが、売れただけ良しとしなくてはならない。常連のお客さんから、

「こんなもの始めたの？　最初どこに居るのかわからなかったよ」

「前回の豆皿（五センチメートルくらいの小さなお皿）見せてもらおうと思ったのに」など、苦情もあった。大反省である。

しかし驚いたのは、おまけの書類ケースに入っていた、「若林氏」に関する資料が、ほとんど売れたことである。何に使うのだろうか、あの〝種痘接種証明書〟も〝社員証〟も皆売れた。思わず、こんな物買って何にするのですか、と聞いてしまいそうだった。

一つ勉強をした。又、古伊万里に戻ろう。この二百五十余店の中で一番数が多い店だろうけれど、だからしてお客さんが集まるのだと。

最終日に五体持って来ていた人形の一体が二十万円で売れて嬉しかった。

二十銭切手　ボタ印付

餅は餅屋である。紙物屋もやって面白かったが、私と、この会場には向かない扱いだとわかった。それで良かった。

売れ残りはどうしよう。市場で安く売ってしまうのは簡単だけれど、時間をかけた手間がもったいないから、もう少し手元に置いて楽しんでやれと思う。何であれ、ボタ印はおもしろいと思ったのだ。

綺麗な私の大好きな赤二切手がいっぱいあるのだもの。

2　私の着物物語り

私は、和物専門の骨董屋をやっている。

しかし、それはあくまでも副業で、本業は寺の大黒である。大黒とは、宗派によって呼び名が異なるが、要は寺の奥さんのことをいう。

したがって、日常に着物を着る機会が多い。日本人として、民族衣装たる着物を大切にしようと思う心も強い。

私は、身長百五十七センチで、体重はナイショ。ただし、なぜか人より手が長い。

嫁入りの時に親が、タンス一棹に、将来のためにとなるべく地味な着物を持たせてくれた。

けれど、いざ私が着る段になると、柔らかな絹物は寺には合わないことがわかった。

日常生活には、訪問着や附け下げなんて着ているわけにはいかないから。

仕方なく、私は一張羅の大島紬（つむぎ）（着物の種類）を、帯を取り替えながら、裾裏が擦り切れるまで着て、やっと一枚新しい紬の着物を作ることにした。

次は縞の着物が欲しかったのだけれど、当時近所に四件あった呉服屋の、どこにも私に合う反物は見つからなかった。どうしても粋になってしまって、まだ若かった私には縞は似合わなかったのだ。

仕方なく、呉服屋の薦める飛び柄の、紺地に茶の地味な着物を作ってしまった。せっかくの新しい着物なのにつまらない。出来上がって来たのを見て、もう少し遊びのある物を何故作らなかったのかと、うらめしく思った。寺の生活には合うけれど、こんな着物はもっとお婆さんになったって着られるじゃないか、と思ったものだ。

ある時、デパートの骨董市に出向いたところ、古着屋さんがあって、そこには、まさに私が欲しいと思っていた縞の紬の着物があった。地味だけれど、綺麗な薄い黄色地に萌黄色の縞が織られている。法務の時は着られないけれど、普段着としては気楽に着られると思われた。さっそく羽織らせてもらうと、ちょっと裄（着物の背縫いから袖口までの長さ）が足りない。つまり袖が短かいのだ。それでも思い描いた通りの着物である。値段を聞くと、一万二千円という安さだ。先日、あんなに高い着物を作ったのがばかみたいに思えた。

私は、迷わずその着物を買った。しかも千円まけてくれるという。嬉しい。

今まで古着というと、自分で着る着物のことは考えていなかったけれど、これからはまめに見て行こうと、その時思い至った。

これが、自分用の古着に私が目覚めた最初だった。

私は文学部で、近代言語の発生という、まぁわけのわからない科目を必死に勉強して、論文を一本書いた。しかし今となっては、文学なんてやらないで被服科へ行って、和裁を勉強すればよかったと思えてならない。

自分の着物を縫えるだけでなく、住職の仕事着たる白衣（はくい）（衣の下に着る白い着物のこと）も作ってあげられたのに、と残念なことだ。

それでも、縞の着物は一重（ひとえ）（裏地の付いていない表地だけの着物）だったので、袂（たもと）を外して、折り目を伸ばし、又縫い付けたらどうやら形になったので、それからよく着るようになった。

軽くて、足さばきも良くて、重宝した。

当時、骨董屋としての私は、古着といっても本当の、今でいうアンティークの着物に凝っていた。江戸時代から昭和初期までの、今時はもう作っていないような豪華な一枚を追っていたのだ。

私は骨董のショーで、伊万里物と人形と、そういうアンティークの着物や端切れを売っていた。

今思えば、その当時はアンティークの着物は、いくらでも安く手に入った。

初めてその着物専門の市に行ったとき、私はその埃の凄さに驚いた。アレルギーのある私には、次からはマスクと目薬は欠かせなかった。

会主の手で着物が広げられる。もう見ているだけで楽しい。しかし、新入りが良い品を買えないのはいつものことだ。いつしか私は、埃が嫌でそういう市には行かなくなってしまった。

そのかわり、日曜日の朝は早起きして露店の市に行くようになった。その当時は、よく探すと子供用の錦紗（きんしゃ）（綺麗な色目で、可愛い花柄などの描かれた薄手の縮緬の絹物）の着物が五百円位であった。今から思えば夢のようだ。

そんな中で、着物屋のシマちゃん（五十代）に出会ったりして、外出着として着て行かれる着物の世界へ入っていったのだった。錦紗の長羽織を普段用に買ったり、アンティークの中振袖を年甲斐もなく友人の結婚式に着て行ったりしている。日本人として、着付けは一応できる。檀家さんに喪服を着せてあげることもある。

東京下町のある所に、アンティークの着物屋さんがあって、私はそこでよく、大正から昭和初期までの、今はもう作ることの出来ないであろう、手の込んだ華やかな振袖を安く沢山買った。どちらの名家のお嬢様がお召しになられたのか、一面の手刺繍で、どっしりとした縮緬五つ紋付の大振袖である。晴着だろうけれど、日常生活でこんなものを着たのかと信じられない豪華さだ。

私は裾（すそ）に大きく二羽の鶴が手刺繍された青地縮緬を一目見て、ぐっと来た。振袖の袂（たもと）を仮りに折り込んで訪問着風にして、年賀状の写真に使った。まったく年代を感じさせない迫力のある綺麗な着物で、澄まして私は写真におさまっている。

骨董ショーでの私の店は、着物だけを専門にしているわけではない。それでも、着物は置けばよく売れる。なるべく個性的な、派手な柄の物を多く置いているからだろう。

「何か新しいもの入ったの？」

「ああそれなら、この訪問着がいいわ、あなたのために取っておいたのよ、作家物で、新品だし、大き目だわよ」

私はそういいながら着物を出して見せる。

「裄（ゆき）は何センチあるの？」

「六十七センチ、確かあったはずだから、もう一度測ってみましょうか？」

「じゃあ、羽織ってみたいヮ」

狭い店の中にも、着物を着るために半畳敷のゴザを用意してある。そこへお客さんは靴を脱いで上がる。このお客さんは少し太目で、お茶をやっている女性だ。シマちゃんの所でこの訪問着を見た時、この人に似合いそうだと思ったのだ。

腰紐を結んで、衿元を合わせてあげる。サイズはどうやらぴったりだ。あとはお客さんのお好み次第。値段を聞くので、安目の値段を示す。できればこの人に買ってもらいたいから。

「もう少し、値段どうにかならないの？」

「無理よ、うちが安いの知ってるでしょうが」

そこの所は、お客さんもわかってはいるのだ。帯締め一本おまけすることで、この話はまとまる。あとは着物を畳んで、畳紙（たとうがみ）（着物を包む紙）に包んで、ショーのビニール袋に入れて、お金を頂く。いつも来てくれる人が、私の思い通りの品を買ってくれるのは正直いって嬉しい。

仕入れの時はお客さんの顔を思い描きながら購入する。もちろん、フリーのお客さん向けには、どうしても自分が気に入った品を買ってしまう。それで売れ残ったら、安く売ってしまうか、市場へ持って行く。あまり儲かる仕事ではない。

着られる、中古の着物を売り始めてみて、いかにその着物を作った時よりも値段が安くなってしまうかに驚いたものだ。今の訪問着にしても、加賀友禅の作家物である。もとは何十万もしただろうに、私の所では十分の一位の値段で売っている。

昨今作られた着物はアンティークなどとは呼べない、ただの中古品でしかなくって、余程珍しい品物でない限り、安くなってしまう。それは、着物が、最初に作った人の体形に合わせて作られるからだ。その人の手を離れれば、着ていなくても中古品になってしまうのだ。

それでも、着物は洋服と違って、わりと体形に、融通が利く。私なんかも、これはという一枚を見つけたら、身に合わせてみて、どうにか合いそうだったら多少の無理をしても着てしまう。洋服では、こうはいかない。

着物のサイズで重要なのは、洋服のウエストに当たる身巾（みはば）、それと丈（たけ）、あと大切な裄である。

身巾が合わない着物は、そもそも着るのが難しい。立って写真を撮るだけならいいけれど、大きくても小さくても着心地が悪いし。まして小さければ、座った時に裾が広がって足が見えてしまうのだ。反対に大き過ぎれば歩き難い。私もお客さんに身巾の合わない着物は薦めない。

丈とは、着物の長さだ。これが短いとおはしょりが取れない。アンティークの着物などは、もともと昔の人は小柄だったから、小さ目に作られている。それを承知で、帯下に見えるはずのおはしょりを無視して着ることも多い。それはそれで良いと思う。

今の人達は手が長いので、新しく目に作られた着物なら裄（そでとき）が長い。しかし、少し裄の短目の着物を合わせようとすると、手のくるぶしが出てしまう。本来はとても手間がかかっていて高価なのに、ざっくりしているので労働着とみなされる紬であれば、裄が少し短くても許されるが、柔らかな絹物は、そうはいかない。少しは手の甲にかかる長さが欲しい。

柄が気に入って高価な着物でも、体形に合わなければしようがないが、少しお金はかかるけれど、縫い直しという手もある。着物はもともと、直線裁ちだから、ほどいて新しく縫ってもらえばいい。ただし、それは人件費。袖の付け直しくらいだったら五千円位だけれど、身頃を直すとなれば万単位はかかる。それでも、もとの定価を思えば断然安い。古着を着るのが嫌でなければ、こんなにも都合の良いことはない。それだけ着物は着る幅があるのだ。

今では、アンティークの着物でも、縫い直して、今風の人の体形に合わせて大きめに作り直して売っている所さえあるから、昨今は、骨董のショーに行くと、明らかにアンティークの着物を身にまとっている御婦人をよく見かけるようになった。それはそれで素敵なことだけれど、あまり色が褪せた着物にくたびれた帯を締めるのも、どうかと思う。

売っている本人がそういうのは何だけれど、せっかくアンティークを着るのならば、良い品を着て欲しいと思う。まぁ、日常にお振袖というわけにもいかないけどね。

どうしても、私はアンティークの着物は着る物じゃなくて、観る物だという思いが強すぎていけない。

むろん、色が褪めていようが、帯に山（折り線）が入っていようが、着物を着ようという女性が増えるのは良いことだ。日本人なのだもの、一人で着物が着られて当たり前だと思いたい。

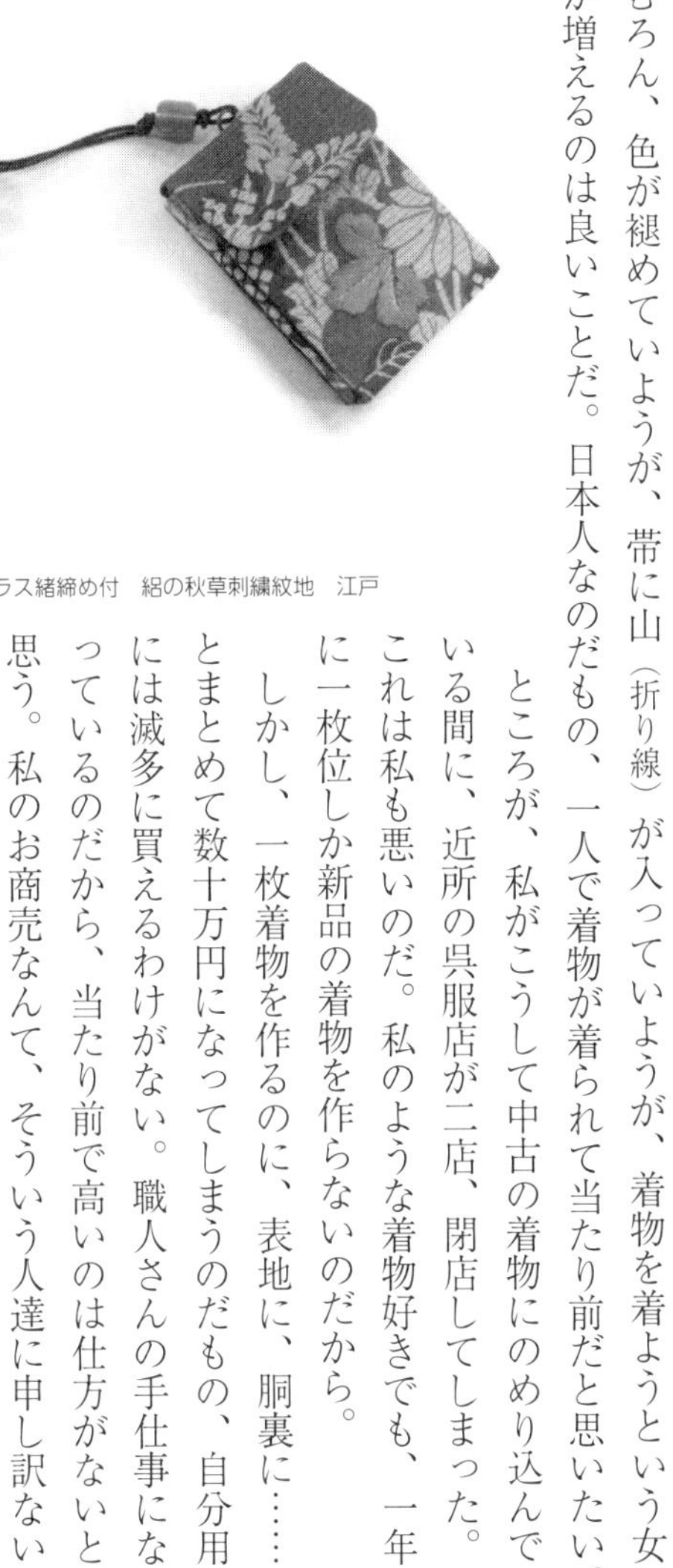

一つ下げ　江戸ガラス緒締め付　絽の秋草刺繍紋地　江戸

ところが、私がこうして中古の着物にのめり込んでいる間に、近所の呉服店が二店、閉店してしまった。これは私も悪いのだ。私のような着物好きでも、一年に一枚位しか新品の着物を作らないのだから。

しかし、一枚着物を作るのに、表地に、胴裏に……とまとめて数十万円になってしまうのだもの、自分用には滅多に買えるわけがない。職人さんの手仕事になっているのだから、当たり前で高いのは仕方がないと思う。私のお商売なんて、そういう人達に申し訳ないと思う。しかし、こればかりはしようがない。

うちの両親も六十代位まで家の中では着物を着ていた。その後は病気をしたので、着物はやめてしまった。

年取った母親は、今では正月位しか着物を着ない。かつては日本中が着物を着ていた時代があったのだ。私だって、他人様より着物を着る方だけれど、それでも毎日は着ない。まして夏場だと、用がある時にしか着ない。

温暖化で、着物が着難くなっているのもあると思う。五月に寺の大きな行事があるけれど、今では袷（あわせ）（裏地のある着物）を着るのがつらい。襦袢（じゅばん）に長襦袢（共に下着）に着物に帯を締めると汗だくになってしまうからだ。

日本には四季があって、それぞれに着物の決まりごとがある。それがだんだん季節に合わなくなって来ている。良いことではないけれど、仕方がない。だって暑いんだもの。

今では私は、お茶席以外は、少しずつルールを破ってしまっている。例えば一年中一重の着物を着てしまうとか。夏に、涼し気に見えるとはいえ、紗（しゃ）や絽（ろ）の着物を、澄まして着るのには、大いに勇気がいる。お腹にタオルは必須である。

それでも、私の店で着物を買って下さるお客様はいらっしゃる。ありがたいことだ。

着物は日本の文化である。私は海外へ行く時は、必ず一、二枚着物を持って行って着ることにしている。凄い荷物になってしまうけれど、日本の民族衣装を海外に見せる良い機会だと思っている。けっこう写真を撮られたり、レストランでは良い席に案内されたりする。ネパールのホテルのロビーでは、私のためにピアノで日本の曲を弾いてくれた。

せっかく海外へ行く機会があったら、日本ではちょっと派手だと思うような着物を着る良いチャンスだと思う。海外の民族衣装はけっこう派手だから、負けないようにする。そうすればきっと良いことがあるだろうし、日本人としてのアイデンティティに目覚めることだろう。

私は東南アジアの民族衣装を何種類か持っているけれど、着付けはどれも皆とても簡単だ。

着物は帯を締めるのが難しいけれど、慣れれば鏡を見ないでもできるようになる。ようは慣れだ。

若い人には、ぜひ着物を着て欲しい。そのために、アンティークや、中古の安い着物から入っても良いと思う。やがて、体形に合った自分のための一枚の着物が欲しくなるだろう。そうしたら、呉服屋さんデビューをすれば良い。

職人さんには申し訳ないけれど、私はまっとうな着物は年に一、二枚位しか作れない。だけど出来るだけ着るようにしている。それで許してもらおうと思う。

私は、アンティークと中古の着物を、骨董のショーで売っているのだもの。

私は、着物が大好きだ。好きであることだけは誰にも負けないと思う。

3　わが家の食器は皆割れている

ある日、小学校三年生である我が息子の担任から、面会したいとの連絡が来た。息子が学校で何かしでかしたのか、あるいは、考えたくないけれどイジメにあっているんじゃないだろうかと、心ちぢに乱れて、指定された日時に学校へ向かった。

担任の若い女教師は、私達が夫婦でやって来たことに驚いたふうで、職員室の隣りの応接間に案内された。

「こういったら何ですが、お宅様は、生活費に困っていらっしゃるんでしょうか?」

まず担任教師が口を開いた。

「ええ!!　なぜそんなことおっしゃるのかわかりません。贅沢はさせませんが、日常生活は、他人様と変わった生活をしているとは思いませんが、寺だから先生はそうお考えですか?」と珍しく住職が、少し腰を浮かせていった。

「ゲームをやっちゃいけないとはいっていますけれど、それがいけないんでしょうか?」

私達は、寺の日常生活が普通の家庭と異なるとこの教師は考えているのだと思ったのだ。

女の先生は困ったように、机の上の作文の束から一番上の一綴りを取ると、私達の前に置いた。

「これは息子さんが書いたものですよ」

私達は奪い合うように、息子の作文を読み始めた。

『ボクのうちのお茶碗は、みんな黒くて、割れて、ひびが入っていたり、欠けたりしています。ぼくはそんなお茶碗がキライです。……』

私と夫は顔を見合わせた。なんだそんなことかと、その場で思った。安心して、大きな声で笑ってしまいそうだった。夫が目で私に説明をしろといっている。お前のせいなのだからといっているのだ。えいままよ、何とでもなれ。

「実は私は骨董屋をやっていまして、使っているお皿や茶碗は骨董品なんです」

「でも、ひびが入ってたりしているって書いてあります」

「日常使っている食器の中には、三百年近く前のものもあるんです。すごく昔の貴重な食器なんです」

「そんな昔の食器を、ご家族で日常に使用しているんですか?」

「そうです。素晴らしいことだとは思いませんか。江戸時代の始まった頃に、日本で初めて作られた磁器なんですよ」

「でも、黒くて割れているお茶碗を使うなんて変じゃないですか?」

「先人が大切に今まで伝えてきた食器ですもの、私達は、その努力に応えて使っているんです」

「それでも、息子さんあんまり喜んではいませんよ?」

うーん、そこには思いがいかなかった。

私達夫婦にとっては時代のついた立派な食器であっても、小学生の息子には、ただのガラクタであったということか。骨董屋の息子であってもまだ十歳では、初期伊万里も古伊万里も興味がないということか。

我家の食器は、時代がついているとはいえ完品ではない。売り物にならない様な、傷手のものを使っているから、余計にみすぼらしく見えるのは否めない。

完品なら骨董のショーで売ってしまう。片や、傷物は売れないけれど、今まで連綿と命を長らえ続けて来たお皿達を、どうして私の代になって捨ててしまえようか。でも、これは大人の考えだった。息子は、漫画の主人公のプリントされた可愛いお茶碗でご飯が食べたかったのだ。

これからは、息子の茶碗は新品を使ってあげようと思った。

「わかりました。息子の食器については、息子の意見も聞いて、新しい食器を使いたいと思います。私は骨董屋なので、どうしても自分の趣味に走ってしまうのです」

「そんな大昔しの食器を使って、気持ち悪くないですか?」

「時代のついた品です。私達は何にも思わないどころか、どんな人々がこれを使っていたのか興味がつきません」

「そんなものですか。新しいお皿なんか百均でも売っているのに、敢えて古い、しかも割れたお皿を使うなんて私には信じられませんが」

「それも一つの考えですが、私達は骨董品が好きなのです。割れていても、ショーに出したら三千円くらいはするのです。私達はゴミの食器を使っているのではありません。そのお皿が完品なら一枚五万円くらいはするのですよ」

「それでも、その間にはすでに死んだ人が使っていたかもしれないんでしょ？」

「長い間にはそれもあったでしょう。でもそれが骨董屋の仕事ですから、古い物を嫌っていては商売にはなりませんから」

「骨董品って、他に何か扱っているのですか？」

「あとは古着とお人形を主に扱っています」

「古着なんて買った人はどうするんですか？」

「状態が良ければ、日常に着る着物になります。あとは材料としてお人形さんの着物にしたり、小物入れを作ったり、お客さんの自由です」

「お人形さんも扱っているんですね」

「ええ、可愛いですよ」

「髪の毛には、人毛を使っているとか……」

「ええ、よく御存知ですね。良いお人形程、人の髪を使っているんです。今でもつやつやで綺麗なものです」

「髪が伸びるとか聞くでしょ」

「残念ながら、私の持っているお人形には髪の伸びる子はいません。居たらもっと大切にするのに」

女の先生は、両の手で肩を抱いて、

「そんな話止めて下さい」

と叫んだ。

これはだめだ、根っからのアンティーク恐怖症なのだ。こういう類(たぐい)の人と話をしても、根底から話は進みはしないのだ。蕎麦屋さんの店屋物の丼は気楽に使えても、それが骨董品と名を変えると、突然嫌気がさしてしまう、こういう人達にはほとほと手を焼くものだ。古いもの＝汚いものだというレールが頭の中に敷かれてしまっているのだから。

「骨董品のコレクションをお見せしますから一度、お寺に遊びにいらっしゃいませんか」とお誘いしたけれど、「お寺にはお墓があるから、嫌です」といわれてしまった。

まだ若いからだろうか、二十代の後半の年恰好に見える。そのうえ、悪い霊が憑きそうだからお寺にはいかないと、いい切ったのだ。

私達は、重い気持ちで帰路についた。あの先生はきっと一人娘で、お下がりの洋服なんて着たことがないのだろう。そうしていつも新品の製品に囲まれて育ってきたのに違いない。そんな彼女に骨董の魅力なんか語っても、土台無理なのだ。古いもの＝汚いものと考えているのだろうから。

「わからない気もしないけれど、ただ頭ごなしに、ああ古い物を毛嫌いしなくてもいいのにね、お商売は自由のはずだよ」

「色々な人が居るってことなんだよ」

「とにかく、すぐに息子用のお茶碗買って来なくちゃ」

アーケードには大きく雑貨を扱っている店がある。次の日、息子を連れて茶碗を見に行った。小さめな子供用の茶碗が揃っている。

「さあ、どれでも好きなもの選んでいいんだよ」

息子は、私の知らない戦隊物（五レンジャーとかいって、五人の正義の戦士が悪の軍団と戦うシリーズものだ）を悩みに悩んで選んだ。私も、売れ残りの女の子の茶碗を買った。美少女戦士が戦うらしくて、ちゃんと版権のシールが黒く汚れていても付いていた。あと十年すれば、これもお宝になるだろうと、ちょっと商売気が出たのだ。

「そんなにうちのお皿やお茶碗嫌だったの？」

「だって割れたり、欠けたりしているんだもの」

「だけどね、とても貴重なものなんだよ。昔し昔し大昔しの人が使ってたんだからね」

「大昔しの人？」

「そうよ、お母さんは骨董屋さんやってるでしょ、そういう古い物を売っているんだからね、ケンちゃん（長男）もわかって欲しいワ。でも古いお皿が嫌だったなんて知らなかったから、ゴメンネ。今夜から新しいお茶碗でご飯を食べようね」

「うん、おかわりするぞ」

「それじゃあ、ご飯沢山炊かなくちゃね」

しかし、新しい茶碗はそんなにうまくは行かなかった。今まで大人用の茶碗で食べていたから、こんどの小さい子ども茶碗はすぐおかわりしなくてはならない。当たり前だけれど。それからもう一つ難点があった。小振りにできている上に地が薄いので、熱々のご飯をよそうと熱くて持てないのだ。

「やっぱり、前のお茶碗の方がいい！」

これで息子が骨董に目覚めてくれればいいのだけれど。

洗い桶の中に新品の茶碗が、黒っぽい古伊万里の中に一つポツンと入っている。なんとなく可愛い。洗った後は、いつしか息子の気が変わるかもしれないと食器棚の目立つ所にしまった。

今時割れた食器を使う人はまず居ないのだろう。それで心配して、息子の担任は私達に連絡をくれたのだろう。しかし、古い物に対してあんなにも反発をしなくてもいいのになぁと思う。

世に名器と呼ばれるものは多々あるが、中には傷が修復された物もある。我家の食器は金繕い（割れたり、ひびが入った所へ漆を塗って、その上に金箔を張ったもの、金継ぎ）で直してある。息子のいう黒いお茶碗とは、白地に藍色の唐草文があるのが黒く見えたのだろう。

子供の視点とは面白いものだ。骨董屋の私としては、当たり前に、初期だ、古伊万里だぞと、喜んで食事に使っていたのに、作文に書く程嫌いだったなんて笑ってしまう。

ちなみに初期伊万里とは、一六〇〇年代初めに日本で最初に佐賀県の有田で作られた磁器といわれている。薄灰色のトロリとした釉薬に素朴な山水画や兎、草木文など、人を惹きつけてやまない優しさに満ちた文様が特長だ。製作年数が短かかったために残存品も少なく、大鉢になると数千万円もする。そのために偽物も多く（素朴ゆえ、真似しやすい）注意が必要なのだ。その点、傷物は、まぁ安心といえる。あえて傷物を模倣する物好きはいないだろうから。

たこ唐草文７寸皿　中期

裏を返してみて、高台（皿や小鉢の地面と付く面）が全体の三分の一の大きさであることが特徴といえよう。そこには、職人の指の跡から高台についた砂の跡まで、歴史を感じさせるおまけが沢山ある。

その当時から尊ばれて、伝世品としても大切にされているものと、発掘手と呼ばれる、後日に窯跡から見つけられたものとがある。

その当時にすでに傷物として、使用不可と決めつけられて捨てられていた物を拾い出し、傷物を直して今使っていても、何ら完品と遜色がない。それどころか、互いに引っ付いてしまったり、お皿の中央まで大きなひびが入っているものなんて、反って迫力があったりするのだ。

それは人それぞれの感性だから、どう受けとめるかは人サマの勝手だ。

ああ、それでも、イジメの話でなくって良かった。

私は、確か小学校にあがる前から骨董品が好きだったはずだ、ということは、息子は将来、私の骨董屋はやらないのだろう、と思った。これぱかりはどうしようもない。息子には立派にお寺を継いでもらえばいい。ただ、物の価値だけは伝えておかなければならないと思った。

一度私のお店へ連れて行って定価を教えてやろうと思った。仕入れ値のことも併せて、この暢気に見える母親も、多少の苦労をしているのだと教えてやろうと思った。

「はい、このお皿は何ですか?」

「ハイ、古伊万里です」

「作られたのはいつです?」

「十八世紀の半ばです」

こんな遊びが息子とできるようになったら楽しい。

ちなみに、古伊万里とは、初期伊万里の後に作られた食器である。同じく有田で作られて、伊万里の港から出荷されたから伊万里物と呼ばれているのだ。だいたい、初期から江戸後期の文化・文政頃（～一八二〇年代）までの作品を古伊万里と呼ぶ。その後に作られた物は、伊万里物と呼ぶ。それじゃあ古伊万里と伊万里の差はわかるのかとよく聞かれる。けれど、数を見ているとわかるようになるんだよね。

初期伊万里猪口　寿紋　発掘手直しあり

息子には、私みたいに商売人にはならなくてもいいから、品物一つ手に取って、

「うーん、良い古伊万里だね」と、キザったらしくいえるようになって欲しいものだ。

4　わが家の蘭奢待（ランジャタイ）

和物専門の骨董屋をやっている。その私が絶叫した。

「ええ、八千万円！」

場所は、かずちゃんの店の中だ。推定四十六歳。かずちゃんは今時珍しく古民芸の店をやっている。ほとんど月末くらいしか店を開けないから、それで生活が成り立っているのか心配になってしまうが、骨董に対して今時珍しい位、真面目に考えている人だ。

その店先で、先週末に終了した平和島骨董祭で大きな取引があった話を聞いていたのだ。

その額、八千万円と聞けば、私が叫んだのも無理はないだろう。

売れた物は御香だという。きっと伽羅香（キャラコウ）に間違いはないのだろうが、それにしても驚くべき金額だ。

しかも、その取引が現金だったというからすごい話だ。

小さい店先きで、売る方と買う方が互いに現金を数え合ったというのだから。さぞや人が集まったことだろう。私はその話のお店を知っているし、私自身もその会場に居たというのに、横に長い会場の端と端とに私の店とその香木店が位置したから、ウワサが私の所へまで届かなかったのが残念だ。なにも、他人様がお札を数えている所を見たかった訳ではない。本当に高額で売れたのなら本物の伽羅に違いないのだから、せめて一目現物を見てみたかったのだ。あり得ないことだろうけど、もしかして、その小片を真贋を調べるために薫いてみたりして、その香りが経っている所に居合わせたりできたら、それこそ夢のようではないか。

伽羅の香りを聞いてみたい。（御香の世界では、香の香りを嗅ぐことを聞くというのだ）しかし、伽羅の香りは滅多に聞くことはできない。なぜなら、伽羅香一グラムは金より高い、今や一グラム三万円以上するのだ。一度薫けば三日も香りが漂うと古典文学にもあるけれど、今時、余程のことがないかぎり、むやみに薫けばお札を燃してしまうようなものだ。伽羅を聞いたことがある人は多くないだろう。

その後の市場でも、しばらくはその話でもちきりだった。八千万円ではなくて六千万円だとか諸説飛び回ったが、とにかく、千万単位のお金が動いたのは間違いないらしかった。だから、次の骨董市では、二匹目の泥鰌を狙ってか、「本伽羅」とか「古伽羅」とか、訳のわからない伽羅もどきが店頭を賑わせていた。

あんな物が、一体どこから湧くように出て来るのだろうか、また買う人が居るのだろうか。それも不思議だ。

そもそも、伽羅とは何ぞや。私なりに説明すると長くなるけれど、掻い摘んで話せば「沈香」という香木の最上等のものをいうのだ。

沈香（伽羅）はベトナム産が最上等とされている。ジンチョウゲ科の常緑高木で、アジアの熱帯地方に産して高さ十メートルにもなり、その樹皮を自然に又は人工的に傷つけたり、土中に埋めて香料をとるのだという。

日本で一番有名な物は、正倉院の国宝「蘭奢待」であろう。長さが一・六メートル、重さ十一・六キログラムの巨大な香木だ。かの織田信長が切り取ったことで有名だが、明治天皇は二回、足利義政も一度。三人が切り取ったと思われていたが、切断面を見ると五十回以上切り取られているらしい。しかし、百年このかた薫されたことはないから、伽羅香といわれているが、その本当の所は誰にもわからない。しかし、隠し文字で、東大寺とあるのが面白い。

言い伝えによれば、百年かけて木の成長と共に「沈」（香りの成分）が発生し、それからまた五十年かけて「沈」が走り（香の成分が集まる）、さらに数十年かけて木質の部分が風化して香の部分が残るのだという。そう、うちに出入りの香木屋の社長が教えてくれた。

日本では、五世紀の後期に、淡路島に一本の沈香が流れ着いたのが始まりとされている。それより少し前、仏教伝来と共に伝わって来たと考えるのが正しいだろう。

我家は寺である。我家の蘭奢待の話である。

台湾人の林さんという人が居る。私達は何度か、林さんの招きで訪台をしている。それよりもずっと数多く林さんは訪日している。

林さんは仏像を作っている。今も我寺では、観音様を一体、林さんに頼んである。林さんが、途中報告を兼ねて寺を訪れた。私は真っ先に、例の八千万円の話をした。林さんは身を乗り出して、

「私もそれだけのお金があったら欲しい。このお寺にも、伽羅はないですか?」といい出した。

住職はさり気なく、

「小さな物ならあるよ」

と驚くべきことをいったのだ。

青天の霹靂とはこのことをいうのだ。

「あるなんていわなかったじゃない」

「お前が見たいっていわないから」

大騒ぎになった。住職が、奥の間の古い茶箱から、ビニールに包まれた香木を持ち出して来た。

伽羅は不思議な型をしている。馬蹄・笹・ツメなどと呼ばれて、その型をも楽しむのだ。

我家の伽羅は笹型で、あちこちが尖っている。木の中で自由に成長して、集荷された後、泥や白太（香木に付いている白い不純物）を取り除くと、こういう型になるのだそうだ。林さんがす

かさずスケールを出す。これはプロのなせる技だ。ビニール袋には、上シャム八十五グラムとあった。量ってみれば八十四グラムしかない。これには住職も驚いていた。香の成分は油分である。それが一グラムも揮発してしまっていたのだから。

林さんは欲しいという。私は本当の伽羅なら売りたくない。香りを聞く前に売ってしまうなんて、もってのほかだと思うから。しかし住職は売っても良い様なことをいう。ただし一グラム三万円だったら。林さんも悩んで、二人で話し合った末、水に浸けて沈んだら一グラム三万円、浮いたら一万八千円、という話がついたらしい。香木を水に浸けてしまって良いのだろうか。林さんは自分が欲しいから、大丈夫という。沈香とはその名の通り、水に沈むから沈香というのである。それを調べるのには、水に漬けるのが一番だというのだ。私は、水に浸けて使い物にならなくなったらどうするのかと心配したが、林さんは、「大丈夫」を連発する。浮いても沈んでも、水に浸けた後、必ず購入するというので、水に入れることになった。

仕方なく洗面器を持って来たが、香木は長さが三十センチメートルもあるので入らない。プラスチックの衣装ケースを出して来て、それを使うことにする。

もうドキドキである。

タオルだと先が尖っているからダメだというので、紙のハンドタオルを用意してついに水に浸ける。果たして、木が水に沈むのだろうか。我家の伽羅は、本当に見事に沈んだ。それだけ沢山の油分が香木の中に入っていたのだ。木片一つが総額二百五十二万円である。林さんは満足そうに、びしょびしょの香木を、愛おしそうに、紙タオルを何枚も使って拭いていた。

　私には信じられない光景だ。やはり林さんは外国人だ。あの八千万円の香木も水に浸けたのかしらんと、可笑しくなる。

　林さんの提案で、住職が又話し合う。今回の伽羅の代金は、私達が頼んである仏像と相殺にしようというのだ。そうすると私達の方が少し有利になるから、話はすぐ決まって、香木は林さんの物になった。

　沈香（伽羅）の香りは、五つに表現されるという、一つ甘（カン）、二つ苦（ク）、三つ酸（サン）、四つ辛（シン）、五つ鹹（ゲン）（カンとも読むが、甘と同音のため私はゲンとす。塩辛きことをいう）日本に三つある香道の流派（御家流・志野流・建部流）も、それぞれ聞き分け方が異なるという。伽羅の最高位は、ベトナム産の緑油伽羅で、二番目が鉄油伽羅なのだそうだ。ものの本によれば、全て五味有、甘さ強く黒く最上等とある。自然のものなのだから時に香りも異なるのであろうが、伽羅の凄さを改めて思い知らされた気がする。ますます入手は困難になるだろうに、なぜ住職は売ってしまったのか。

　林さんが大事そうにカバンに伽羅をしまって、喜んで帰った後、私は聞かずにはいられなかった。

「なんで売っちゃったの、せっかくの伽羅なのに」

「だってお前も見てただろ、八十五グラムが八十四グラムになってたじゃないか」

「それはそうだけど、時間が経ってたから」

「その通りさ、あれは二十年前に買った。久方ぶりに出して見たら、随分カセ（ひからびる）ていたのに驚いたんだ。このまま置いておいたら傷むばかりだろう。それで、手放すなら今と思ったのさ」

「そんなにカセていたの？」

「ああ、それに買った時、グラム五百円くらいだったんだ」

「ええ!! 五百円」

「二十年で六十倍になったんだから文句はないだろう。その時は随分と高いと思ったけれど、もっと買っとけば良かった」

沈香だけでなく、もっと格下と思われていた白檀（インドのマイソール産が一番）も、ものすごく値上がりしているのだそうだ。天然のものが採れなくなっているだけでなく、開発途上国が経済的に豊かになって使用するようになったからだそうだ。

しかし、我家の伽羅、香りを聞いてみたかったなぁ。袋を開けただけで甘い香がしたものだ。良いお香は薫く前からその香木自体が香るのを知った。

うちの住職のことだから、きっともう一本くらいはどこかに隠してあるのではないか。古い茶箱を見かけたら、中身を慥かめてやろうと思った。

5　リカちゃんとタミーちゃん

私は寺の客間で、ワクワクしながら相手の差し出す書類を見つめた。

「それでは、ここところにサインと印を押して下さい」三十過ぎに見える目の前の男性がそういう。

「まず名前を書けばいいんですね」

私はいわれた通りに従った。続けて判子を押したら酷く曲がってしまった。

「わぁ、こんなに判子が曲がっちゃった」

「押してありゃあそんなことは何でもない」と、おじさんがいう。おじさんは今年六十七歳になる。

「それでは、これで全て手続きは済みました。お疲れ様でした」証券マンがいった。

「お人形さんはいつ来るんですか？」

「そこまではわかりません。楽しみにお待ち下さい」あくまでも他人行儀だ。

「すごいなぁ、私株主になっちゃった」

「これからもご贔屓にお願いします」と証券マンが、口座開設の書類をまとめた。

「おもちゃの付く株主優待がある所を調べて下さいましたか？」

「あんまりその方面のみで株をお買いになる方は少ないのですが、一社こちら様向きがございます」

「その話は後だ。さぁ済んだ、済んだ。俺が頼んでいた株はどうなった」

おじさんと証券マンは私を無視して話し出した。

私は骨董屋と寺の奥さんをやりながらも、株式投資という未知の世界にも足を踏み入れてしまったのだ。

もとを糺せば、原因はこのおじさんにある。血の繋がりはないけれど、〝おじさん〟といえば、家中の誰もが彼のことを思う。却って血の繋がった親戚より濃い関係がある。「ママ」と呼ばれていた気風のよかった奥さんは、今、客間の窓の外を覗けばちょうど見える、うちのお寺の墓地に眠っている。

以前からこのおじさんは、一年に一度息子に「トミカ」（タカラ・トミーが出しているミニカーのおもちゃ）をくれた。それには株主優待と書いてあった。成人式を終えて息子も大きくなったけれど、くれるというのでありがたく頂いていた。

ところがある時、中野のまんだらけ（おもちゃをはじめ、古本や人形なんかを、店ごとに区分けして売っている）の人形コーナーへ行ったら、トミカと一緒に、「リカちゃん」人形が入った株主優待のセットがあったのだ。ちょっと驚いた。人形のコレクターでもある私としては、トミカよりリカちゃんの方が欲しい。

すぐにおじさんに電話をかけると、もともと人形なんかに興味がない人なので、まったく要領を得ない。

「担当のやつ連れて行くから会ってみろ」

「えー株屋さんに会うのは、面倒だなぁ。お金いっぱいかかったらやだよ」

「株主優待の人形欲しかったら、まずそんなこといわないで会ってみろよ」

そんなこんなで、日程が決まって、おじさんと証券マンが一緒にやって来たのだ。

寺の奥さんと聞かされていたであろう証券マンは、フリフリゴテゴテのピンクハウス（そういうブランド）を着た私に会ってちょっと言葉を失したみたいだ。やっぱり着物を着てお淑やかにすましていた方がよかったのかなとちょっぴり反省する。

名刺を交換して、私はすぐにトミカとリカちゃんの話を持ち出した。

おじさんからその程度の話は聞いていたのだろう、証券マンは慌てることなく、「株主優待とは、その方の持ち株に応じて差し上げるものでして、タカラ・トミーの場合、百株お持ちの方はトミカだけで、三百株以上ですとお人形が付きます」という。

「なんだおじさん、持ってたのは百株だったんだ。お人形欲しいから三百株以上に買ってよ」

「何いってんだよ、今は日本の株じゃなくてオーストラリアの鉱山だろうが」

そっちこそ何をいってるんだか、要はタカラ・トミーの株はもう買いたくないのだ。だったら仕方がない、私が自前で買うしかないだろう。夫はきっと文句をいうだろうけれど、私は特別のリカちゃんが欲しい。

証券マンは電卓を叩いて、三百株分のトミー株の株価を出した。

「後は手数料などがかかりますが、いかがなさいますか？」

「タカラ・トミーの株ってすぐ買えるんですか？」

「書類は全て用意してありますから、入金方法はどうなさいますか？」

まるでもう決まったようないいようだ。つられて私は株主になるべく書類にサインをしてしまった。

骨董をやっているので、手元に普通の主婦よりは現金を持っていたけれど、それでは三百株分として足りず、定期を一本崩さなければならなかった。

後でその話を聞いた夫は、やはり呆れて、

「まんだらけへ行って、株主優待の人形買えば、その方がうんと安くついたぞ」

と言った。私も確かにその通りだと思った。

「だって、自分の所へ来る特別のお人形が欲しかったんだもの」

「何いってんだ、自分の所へ来たって、大事にしすぎて箱から出しもしないくせに」

痛い所をつかれた。私の部屋のお人形箪笥には（抱き人形とはまた別の）箱から出しもしないで〝とっておく〟お人形が積んである。骨董のショーで売ったりするためにむき出しで飾ってあるのは、中古の誰かが遊んだ後のお人形さん達なのだ。それだって時代が古い物はコレクターがいて、高いのだ。

証券マンは、一仕事終わったと思ったのか、冷めたお茶を一口飲んだ。

「お話を伺って、優待品が付く所としていくつか調べたんですが、〝サンリオ〟ご存知ですか？」

「私はキティラー（サンリオが出しているキティちゃんが好きな人のこと）です」

しかし証券マンには通じなかったみたいだ。

「サンリオでも優待品が付くそうでして」

「サンリオもですか」

私は、自分のお茶をこぼしそうな勢いで立ち上がった。今までそんなものがあることを知らなかったのだ。

「品物はわかりませんが、何かしらサンリオ商品が付くらしいですよ。よかったらご検討下さい」

「わかりました、お金が貯まったら考えます」

タカラ・トミー三百株で、彼にはいったいどれくらいのお仕事の点数になったのか知らないが、証券マンはお寺のお供物をもらって帰って行った。銀行に預金をしていても金利は付かないが、トミカだけでなくリカちゃんも付いてくるなら、株で儲けようと考えなければ、これはこれでいいんじゃないかなと思った。

おじさんはそれから一時間くらい、オーストラリアの鉱山の株がいかに優良かの自論を喚き散らしてから、「俺、もう帰るわ」と、唐突にいって帰って行った。これもいつものことだ。

玄関で見送っていると、門の向こうから、檀家さんの女性が歩いてくるのが見えた。

私は急いで、たたきに出ていたサンダルを履いて、玄関を飛び出すと、

「田中さん、こんにちは」と声をかけた。

「ああ、大黒さん」

田中さんは五十代後半、独身である。

私達は二人して両手を握り合った。たったそれだけなのに、美人さんは、大きな瞳から涙をポロポロこぼしてしまう。昨年、九十代のお母さんを亡くされたのだ。一般の人なら九十歳なら年に不足はないと思うだろうが、母娘二人でずっと暮らして来たので、悲しみは未だに消えないのだ。

私は寺に何十年も暮らしている身なのに、親しい人を亡くされて悲しんでいる方に、いったいどんな言葉をかけたらいいのかいまもってわからない。泣いている人がいたら、優しく肩を抱いてあげることしかできない。

田中さんとともに、お母さんのお墓参りをする。「お母さん」と呼びかけて、彼女はその場から動けない。お母さんが元気な頃、お寺にいらしたことが思い浮かぶ。

お母さんとの晩年は壮絶で、田中さんは仕事をしながら一日四時間の睡眠時間で介護をしてきたのだ。その時は毎回お会いする度に大変だといっていたけれど、亡くなってしまってからは、もっとやってあげることがあったのではないかと後悔の念が強くあって、いつまでも悲しみが消えないのだ。

三十分くらいして、田中さんは墓前から立ち上がった。私が後ろに立っているのに気が付いて、驚いた風に見えた。

「一緒に、お参りして下さってたのですね」

目の縁を赤くした瞳で、彼女はちょっと恥ずかしそうに微笑んだ。

「お茶飲んでいらっしゃいませんか」

「お忙しいのではないですか」

「今日は大丈夫です、是非いらして下さいよ」

玄関脇の洋間の応接室には、いつもお茶の用意がしてある。お茶を入れて、頂き物のお菓子を出す。会話はいつも亡きお母さんのことだ。きっといつかご自分の身辺や心境を話す時が来るだろう。それまでは、私は、お母さんの話をひたすら聞く。それしかできないから。

「今日のこの服、母のものなんです」

「道理で、どこかで見たことがあるなと思ってたんです。確かお母さんがお彼岸に着ていらっしゃいましたよね」

「そんなこと、覚えていてくれたんですか」

「素敵なお洋服だと思ったんです」

「嬉しいわ」

どうやら、彼女の気分が落ち着いて来たみたいだ。

会話が途切れたので、思い切って、今日株を買ったこと、それは、お人形が欲しかった為だったなどと話題を提供した。

「お人形好きなんですか?」と田中さんが問う。

「骨董屋をやっているので、集めているんです。今度ご覧にいれましょう」

「私も子供の頃に遊んだお人形があるんです。可哀そうだから捨てるわけにもいかないし、どうしようか迷ってたんです。私のお人形よかったら貰っていただけませんか?」

「え、本当ですか、子供の頃の思い出が詰まっているんじゃないですか」

「この年で人形遊びもしませんから」

「恥ずかしいなぁ、私、今でも一人でいる時お人形遊びをしますけど」

「ええ、大黒さん、本当ですか。今でもお人形遊びをするんですか」

といって、珍しく声を立てて笑った。機嫌が良くなってよかったと心から思った。

「今度お参りに来る時に電話しますから、その時お人形を持って来ます」

「楽しみだわぁ。電話お待ちしています。気をつけてお帰り下さいね」

「ありがとう、それでは失礼いたします」

田中さんは、久方ぶりに、瞳に涙を溜めないでお帰りになった。

三日後に電話があった。私は玄関に立って待っていた。寺の門の前にタクシーが停まって、田中さんが大きな箱を持って降りて来た。その箱は、私が子供の頃、オーバーなどのかさ張る衣服をあつらえると入れてくれた、デパートの包装紙の柄が印刷された古い箱だ。

「いらっしゃい。箱は玄関に置いて、先きにお母さんのお参りに行きましょう」

今日もお墓の前に額ずくと、田中さんの瞳から涙がこぼれた。一人になって寂しいだろうなぁと思う。どう頑張っても私は彼女を見守ることしかできない。

今日も三十分くらいして田中さんは立ち上がった。今回は涙はない。私がお墓に手を合わすと、

「お人形持って来たから、見てくださいますか」としっかりした声でいう。

「応接間で見ましょう」

「子供の時遊んだものだから、すごく古いんですよ」

田中さんは、私がお茶を入れようとするのを手で止めて、箱の蓋を開けた。

私は思わず息を飲んだ。大きな箱の内側には綺麗な花柄の布が張ってある。きっとお母さん

が娘のために作ってくれたのだ。

お人形は〝タミーちゃん〟だ。一九六二年にアメリカで作られた。初期のバービー人形と同じで、日本でも作られていて、日本製は顔が白くなることがある。

そのタミーちゃんが三体も入っている。さぞお母さんは一人娘を大切にしていたんだ。「この人形で遊んだんですか?」と、聞きたくなってしまうほど綺麗だ。人形の髪の毛のカールも乱れていない。洋服も三十枚くらいはある。千代紙を張った、お菓子や化粧品の小箱には、靴やハンドバッグや、私が今まで見たことのない小物が綺麗に整理されて入っている。私の持っている、自分で遊んだバービー人形の現在の姿とは大違いだ。私の人形は、髪はグシャグシャで、おなかにはクレヨンで名前が書いてあるのだ。人間の性格は子供の頃からこれほど違うのかと思ってしまう。

「こんな立派なお人形、貰っちゃってもいいんですか」

「立派も何も、ただの古いお人形です。大黒さんに貰って頂けたら、嬉しいヮ」

「それじゃあ、ここでお人形遊びしましょうよ」

「ここでするんですか?」

「田中さんは王女様です。私はそのお友達です。今お茶入れますから、お茶会しましょうよ」

いい年をして、人形を集めたうえ、それを骨董屋としてお商売にしている私と違って、田中さんは大人だ。お人形遊びをするのが恥ずかしいのだ。

「王女様だから、一番いいドレスを着せてあげなくちゃ」

小物入れにはちょうど王冠もある。これは、赤いドレスに白い襷をかけて、何かの賞を貰ったかした人形に付いていた物じゃなかったかなぁ。

私はもう一体にピンクの服を着せた。

リカちゃん初期とタミーちゃん

人形は三体ある。残りの人形にも水色の服を着せて、お友達その二とした。

お茶を入れて、お人形を並べて、私は、

「王女様、今日はご招待ありがとうございます」といった。

「王女様は大黒さんがやってくださいよ」

「だって、このお人形達、田中さんのお友達だったんでしょう、私は今日から新しいお友達に加えてもらったんですもの」

田中さんはとても困っている表情だ。お母さんの介護に十年も一人で頑張ってきた人なのだ。人形遊びなんかする心の余裕がまだないのだ。

「ハイ、じゃあ私が王女様になります。皆さんよくいらっしゃいました。さぁお茶をいただきましょう。これから皆んな仲良くして下さいね」

田中さんは黙ってお茶を飲んだ。そうして一体のお人形を手に取った。

「大黒さんに貰って頂いて、この人形達は幸せです。ありがとうございます」

「とんでもない、骨董のショーなんかでこのお人形を買ったらすごく高いんですよ。こんな立派なお人形とは思わなかったから、びっくりしました。大切にさせてもらいます」

それから田中さんは、お母さんの思い出を少し語って、今日も泣かないで、お帰りになった。

私は、箱の中に入っていたドレスを一枚一枚広げて見ながら、これをどこかのショーで買ったらいくらするのだろうと思った。それから田中さんがこのお人形達をゴミにしなかったことに感謝したと同時に、亡きお母さんの娘を思う心が改めて伝わってきた。

6　オジョウ、生ぶ出し屋に会う

いま、夫の知人の招待で山形へ、新幹線で着いたばかりだ。これから在来線と車を使って、知人の実家であるさくらんぼ農家へ行くのだ。

山形を訪れるのは初めてのことだった。

まさに六月、さくらんぼ狩りのシーズンである。私達夫婦は時間をやりくりして、二泊三日の休みを取った。

「さくらんぼ、楽しみだね」

「おなかいっぱい食べて下さい」

と知人が笑う。

在来線を降りて車に乗って農家へ向かって行くと、さくらんぼ畑が続く。そのうちの一軒に車は止まった。

「ようこそ、いらっしゃいました」

「お忙しい中、おじゃまします」

農家の主が、野良着のまま出て来て、帽子を取って挨拶をしてくれる。

「さくらんぼ畑を見て下さい」

その後をついて行く。

つやつやの紅い丸い玉が、宝石のように輝いている。

「わぁ、綺麗だわぁ」

「これは、もう二、三日後に収穫です」

「本当に、可愛いですねぇ」

「あちらにお茶の用意がしてありますからどうぞ」

そこにはお茶に漬物と、山盛りのさくらんぼが待っていた。

採り立てのさくらんぼのおいしいこと、甘さの後に酸味が来て、新鮮なのでぷちっとした歯ごたえがたまらない。

ここで東京から持って来たおみやげを渡す。

「つまらない物ですが、今人気のあるお菓子です」

「それはどうも。明日のお茶受にしましょう。ところで、お宅は、お寺さんなんですってね」

「そうです、天台宗です」

「近くのお寺も有名ですから、あとで御案内しましょう」

話がはずむ。

「お寺だけでなく、私は片手間の趣味で骨董屋をやってます」

「それは奇遇だな、私どもの甥が骨董屋めいたことをやっていて、昨日帰って来たばかりなんですよ」

「それはおもしろそうですね、その方のお店はどこですか？」

「店はないんです。一人でやっていて、市場に持って行くらしいんです」

それならきっと、「生ぶ出し屋」さんだ。自分で、これと思う古い家へ出かけて行って、骨董品を買い付けて来る人のことをいうのだ。

私達が骨董の市場で生ぶ荷と呼んでありがたがるのは、生ぶ出し屋さんが出す品のことで、あとは目あかが付いた品といって、誰かの手に渡った後の品をいう。

私も市場に出入りする生ぶ出し屋を何人も知っているけれど、直接の交流はない。

地方の生ぶ出し屋さんで、仕事から帰って来たばかりなら、どんなお宝を持って帰って来たのか会ってみたいと思うのは、骨董屋としては至極もっともなことだろう。

奥さんが出て来て、私が会いたい会いたい、としつこくいったので電話をかけてくれることになった。どうやら、奥さんの甥御さんらしかった。

今日はまだ荷を開けてないとの返事で、明日、会うことになった。

収穫時期で忙しいだろうにと私が遠慮するのに、奥さんは明日、車で案内をして下さるという。

私はおいしいさくらんぼを摘まみながら、明日が楽しみだった。

翌日、私達が泊っているホテルに奥さんが迎えに来て下さった。私達夫婦はその車に乗って隣り町の甥御さんの家へ向かった。

「一人暮らしだから、東京のお客さんをお連れする様な家じゃないから、恥ずかしいですよ。ゴミみたいな道具がいっぱいの家なんですから」

私は期待を込めてこう答えた。

「全然気にしてませんから。かえってそういう所のほうが、お宝があるかもしれませんから」

三十分くらいで、甥御さんの家に着いた。家は路地の一番奥だという。駐車場もないので、道の反対側の水田の脇に車を止める。奥さんが先に立って路地を行く。はたして、成程、生ぶ出し屋さんの家だと思える家に辿り着く。

軒下には、底の抜けた鉄瓶やら古道具が雨ざらしになっていた。

奥さんが名前を呼びながら玄関の戸を開ける。ここら辺の家は鍵を掛けないのだろうか。しばらくして、奥から、寝ていたのだろうか、しわくちゃなスウェット姿の、あまり若いとはいえない四十代くらいの家人が出て来た。彼の表情からとても歓迎されている様には見えない。

「こちらは東京のお客さん」と奥さんが紹介してくれた。

私達も挨拶をして、来る途中にあった酒屋さんで買ってきた日本酒のおみやげを出す。

「品物を見るか?」

と立ち上がるので、その後をついて行く。部屋中、御膳だとか箱物だとかが積み上げてある。

中身を見てみたいけれど、彼は奥へ入って行く。

「何が得手か分からなかったから、買って来た物を出しておいたから」

そういって、彼はまず古伊万里の皿を出して来た。

なかなか古手（ふるて）でおもしろい柄だから気に入って、

「これは幾らですか?」

「まとめて三万円」

「じゃあ頂きます」

次には蕎麦猪口（そばちょく）を出して来た。十個でこれも三万円だという。安いから買うことにする。次にも又、蕎麦猪口が出て来た。

ここで私ははたと思った。このまま先が見えずに買い続けていたら軍資金が危ない。

骨董屋の取り引きは現金が当たり前である。まして、今回の様に初見の人とは絶対である。

私は、

「伊万里物は得手ですが、もっと違う物はありませんか?　うちはお寺なので、仏像なんかはありませんか?　民間仏を集めているんですけれど」

民間仏とは、正式な仏師の手にならない、その土地で少し器用な人が自分や家人の為に作った物で、見よう見まねだから、とても愛嬌のある、素朴な仏像をいうのだ。

「仏さんじゃないけれど、おもしろいもんがある」

彼は奥の部屋から、一抱えもある黒い物を持って来て、私達の前に置いた。

確かにそれは、一言でいえばおもしろいというよりも奇妙な物だった。真っ黒に煤けていて、私はしばらくして、それが恵比寿・大黒の像であると気が付いた。何に使われていたのか、恵比寿と大黒が合体しているのだ。ペンライトで照らしてみれば、煤の中に見事な彫り物が見て取れる。

しかも、玉眼入なのだ。普通の仏像は目が描いてあるか、彫ってある。けれど、この玉眼とは、ガラスか又は水晶を薄く目の形にカーブを付けて削り出し、内側に墨で黒目を描いて仏像にはめ込んである、とても手の込んだ上手の物なのだ。

見た目の大きさと違って、とても軽い。持たせてもらうと、私の手でも持ち上げられた。木が枯れて、それだけ時代が経っている物なのだ。

私は又値段を聞いた。

「これはある新興宗教の教主が欲しいといっているんだけど、気に入らない相手だから三百万と高くいって断っていたんだ。お寺さんなら大事にしてくれるだろうから安く譲っても良い」

という。夫が私の背をつついて合図をする。夫も欲しいのだ。五十万円くらいいうのかなと思ったら、たったの二十五万円だという。安い。それなのに、同席しているさくらんぼ農家の奥さんや知人は、高いからまけてあげなさいという。

「珍しいし安いと思いますから、これも頂きます。私達は大切にします。御本堂に飾らせて頂きます。それからこちらも旅先で手元のお金が限られているから、次もこれはというのを見せて下さい」

彼はさらに奥の部屋に行くと、本当にあっという品を持って来た。美しいランプだった。いったいどんなハイカラなお屋敷に置いてあったのだろうか。それもそんじょそこらにある、あの丸っこいランプではない。大理石の台にスラッとした五十センチメートルくらいの細い足があって、その上に楕円形の油壺が乗って、優雅に円を描く朝顔型の火屋(ほや)が付いた全てガラス製のランプなのだ。しかもそのガラスが赤地の上に模様がカットされている。ランプの博物館でもメインに飾られるだろう逸品が今、目の前にあるのだ。

「綺麗ですねぇ」

私は、欲しいという心を見透かされない様にいった。

「これは見せるだけだ」

「ええ、売り物じゃないんですか?」

「前から狙っていて、やっと手に入ったから、もう少し置いときたい」

「そんな、見るだけなんてあんまりですよ」

「欲しいのかい？」

「値段が折り合えば欲しいです、何しろ旅先のことだから」と私は本心をみせた。

今回、骨董屋まわりをするだろうと思って、百万円は持って来ている。今までの物を全てキャンセルして、それで足りるのだろうか。

相手は悩んでいる。そこへ奥さんや知人が、売ってやれコールをして応援してくれる。

今まで出て来た品は皆んな言い値で買っている。彼にとって良いお客のはずだ。

「せめて、お値段だけでも教えてくれませんか？　残金で買えるか知りたいんです」

私は頼んだ。ただし百万円以上といわれたら、それでお終いだ。

相手は黙った。たぶん市場に出したら幾らになるか考えているのだ。

しばらくして、彼はボソッと
「三十万円」

値段を聞いたらもうこちらの物だ。安いじゃない、手持ちのお金で十分買える。

「三十万円なら頂きたいです。私もお商売抜きで自室に飾ってみたいです」

相手はまだ何とかいっていたが、私の押しの一手で、ランプは私のものになった。その後は、残金で買えるだけ古伊万里を買って、とっても有意義な時間が過ぎた。

そうして夢の時が終わると、現実が待っていた。買った骨董品の梱包をしなくてはならない。

古伊万里類はダンボールに、古新聞紙に包んでしまえばいい。いつもやっていることだから私だって手際は良い。

問題はランプだ。手で持ち帰れる大きさでもない。さて、どうしたものか。この家には、プチプチシートなどないだろう。そこへ奥さんが、助け舟を出してくれた。

「うちから送ればいい。シートもダンボール箱もあるから」

代金を払って荷物を車に積んで、生ぶ出し屋さんを後にした。

「良い品を安く分けて頂いて、本当にありがとうございました」

相手は黙ってお金を数えると、ただ頷いただけだった。こういう寡黙な人なのだろう。良い出会いがあったものだ。

また知人の農家に行く。御主人も出て来て、二箱のダンボールを切って入れ子にしてランプの大きさにする。隙間にプチプチシートを入れて、ガムテープでぐるぐる巻きにしてお終い。美術品扱いにしてもらって、宅急便を頼む。

収穫期の忙しい時だろうに申し訳ない。なのに、宅急便の山を見て、こんなに買ってくれたんだからと、奥さんがしきりに礼をいう。恐縮してしまう。

「本当に良いお品を安く分けて頂けたから、こちらこそありがたいです」

「さくらんぼ持って帰って下さい」

「わぁ、うれしい。それとお忙しい中、お願いがあるんですけど。お中元には少し早いけれど、お宅のさくらんぼ、知人に送って頂きたいのですが、大丈夫ですか？」

「それはありがたいお話しです。いくらでも送りますよ。ただ、自然のものだから、日時の指定はできませんけれど、それでよかったら」

「是非お願いします。こんなおいしいさくらんぼなら皆喜ぶと思いますから」

私は、東京から持って来た、住所の載ったコピー用紙を渡した。

「三十件も送るんですか？」

「これでも一部です。お寺だと付き合いが色々あるんです」

「大変なんですね。でも沢山の御注文ありがとうございます。良い品を選んで送りますよ」

「来て良かったです。採れ立てのさくらんぼ、甘酸っぱくて本当においしいですもの」

私達は山盛りのさくらんぼをおみやげに貰って帰って来た。

次の日は新幹線を早めて帰宅した。さくらんぼが新鮮なうちに近所に配りたかったから。

宅急便はその次の日に着いた。もうドキドキでランプの荷を解く。嬉しいことにどこも壊れていない。テーブルの上に飾って、やったねと思う。

赤いカットグラスのなんと美しいことか。こんな美しい物が、あんな電気もろくにつかない、いっては悪いけれど、田んぼの脇のボロ家にあったなんてウソみたいだ。それを私が手に入れることができたのは、もう奇跡に等しい。

ほのかな紅色のさくらんぼを口にしながら、赤いランプを眺める。

なんという奇遇であろうか。

7 「オジョウ誕生」

自宅から歩いて二十分くらいの所に森林公園があって、よく散歩に行く。その公園へ行く道の途中に一軒の骨董屋がある。お店のまわりには庭石とか壺とか石塔などが取り巻いていて、ガラスの扉はいつも閉まっている。

開文堂（かいぶんどう）という看板が堂々と掲げてある。ガラス戸の外から覗くと、お客さんの居たためしがない。公園に散歩に行くたびに気にかかっていたのだけれど、私には入って行く勇気はまだなかった。

ある時、公園に行こうと通りかかると、開文堂の戸が開いていた。お客人が一人、店主らしき五十代の男の人と話をしていた。それでも、私は入って行くことができなかった。

散歩からの帰路、お店の戸が開いたままでお客さんは店内に居なかった。

私はありったけの勇気を出して、お店に入って行った。

「こんにちは、中を見せてもらってもいいですか？」

茶碗を磨いていた店主は、私が子供なのに驚いた表情だったけれど、こちらに向き直って、

「どうぞ、好きに見ていいよ」

と手を止めずにいった。

私はおそるおそる店に踏み入ると、ゆっくり見始めた。私はお茶をやっているので、茶道具の類の使い方はわかる。竹筒に入った茶さじが沢山ある。開けてみたいが、触る勇気がない。綺麗なガラスコップが二段になったケースにいっぱいある。いくらぐらいするのかなぁと思うけれど、聞くことができない。

店主は無言である。私は、落ち着かず何も触らずに二十分くらいでお店を出た。

「ありがとうございました。また来ます、ガラス戸は閉めたほうがいいですか？」

「開けといていいよ」

店主は、また私を見つめていったのだ。

私は戸を閉めずにまた「おじゃましました」といって店を出た。これが、開文堂と私のファーストコンタクトだった。

その時の私は中学二年生だった。ポケットをきゅっと握ると財布がありその中身は千円札が五枚くらい入っていたと思う。小遣いとしては多いけれど、とても骨董店を訪ねる金額ではない。

それでも私は開文堂に入れた興奮でいっぱいだった。またすぐに開文堂に行きたくてたまら

なかった。数日してお年玉の三万円をポケットにまたしても開文堂に向かった。

ガラス戸越しに、店主のおっちゃんが一人でいるのがわかった。私はガラス戸の前でしばし逡巡していたが、思い切ってガラス戸を開けた。

「こんにちは、また見せて下さい」

私はこう声をかけて中に入った。

おっちゃんは三畳ほどの畳の部屋に座ったまま、

「どうぞ。ずいぶんと、お若いようだけど、こんなものに興味があるんですか」

「お茶をやっているので、その方面は少しわかります」

「ほう、そうですか。何か気になる物はありますか？」

「茶さじを見たいです」

「いくらもあるから好きに見ていいよ」

コップに二十本くらいむき出しの茶さじがさしてあった。おっちゃんの座っている畳の端に全部並べてみた。日常使いならどれでも使えそうだ。

「これ一本いくらですか？」

「本当に使うのかい？　それならどれでも一本五百円だ」

一本五百円、すごく安い。

「竹筒に入っているのも見せてもらっていいですか」

「ああいいよ、ただそっちは少し高いぞ」

一本花押の書いてある筒から出してみる。

「誰の作ですか？」

「全然わからん、それらは皆んな一本五千円だなぁ」

名のある人の作だろうけれど、私にも作者は全然わからない。

一本竹のふしを面白く使った茶さじがあったので、それを選んで五千円札を出した。その時は、まけてくれなんて思いもしなかった。

「これいただきます。使う時、少し難しいかもしれないけど、面白いからこれにします」

「本当に買ってくれるのかい、それじゃあコップの中の茶さじを一本おまけにしてつけてあげるから、好きなのを選びなよ」

とさばさばという。

私はありがたくコップの中の一本を選んで手渡し、おっちゃんが新聞紙に茶さじを包むのを見ていた。

「まぁお茶を一口飲んで行きなさい。ところで、あんたは一体いくつなんだい？」

「中学二年生です」

「ずいぶん若いなぁ」

「もうずっと前からこのお店に入ってみたかったんですけれど、子供の来る所じゃないよっていわれそうで、なかなか来られませんでした」

「そんなことはない、またいらっしゃい、待ってますよ」

「はい、ありがとうございます。また来ます。お茶ごちそうさまでした」

私はガラス戸を閉めて帰宅した。

こうして、私の大冒険は終わった。

私は帰宅すると、盆手前（簡単なお茶のたて方）の用意をした。茶さじをよく磨いて、一人でお茶をたてた。なんとなくお茶が美味しかった。一歩大人に近づいた気がした。

それからは、私は学校が終わるとよく開文堂に通うようになった。通っている学校は大学までの一貫校で高校受験も必要なかったので、学期末の試験の時を除いて、一週間に二、三度は通った。

煎茶菓子器とかんざし、ままごと道具、豆皿（約3cm）

お客さんが居る時は隅でおとなしくしていた。せっかく行っても閉まっている時もあった。休日の決まりはとくになくて、土日もやっていた。

私はここでとにかく色々なものを見せてもらった。

この店は、茶道具を中心に何でもあった。箱入りの伊万里物（瀬戸物）、刀の鍔、簪、紙物（巻き物とか古い本）、ビー玉、ガラス製品など数をあげたらきりがない。

しかし、子供の僅かの小遣いでろくなものが買えるわけがない。いつも見ているだけの日々だった。

それでも、開文堂のおっちゃんは私に骨董のイロハを教えてくれた。

特に伊万里の見方だ。伊万里といっても色々ある。古伊万里と、新しい伊万里の見分け方、又そのおおよその値段の差とかだ。これは後々、骨董屋ですというようになった時とても役に立った。

私が高校生になると、店のあらかたの商品の値段も価値もわかるようになって来た。その頃になると、そんな私を店番に残して、おっちゃんは車でどこかへ出かけるようになった。

「お客さん来たらどうするのよォ」と私がいうと

「適当に相手をしたらよろしい」

「買いたいっていったら困るよォ」

「一割引きで売ってしまえ」

「もっとまけろっていったらどうすればいいのよォ」

「二割引きにしてやればいいだろう」

そういって、おっちゃんはライトバンに乗ってどこかへ行ってしまうのだった。

お店は私一人である。暇だから端からハタキをかけてみる。それすら十分で終わってしまう。大体の商品は手に取って見ている。ともかく暇である。

この時ばかりと、普段、触らせてもらえない上等の茶道具を出して来て、そっと真田紐（箱物に使用される巾一センチメートルくらいの紐、真田打ち、刀の柄を巻いたり草履の鼻緒等にも使う）をほどいてみる。うこんの布（うこんで染めた濃い黄色の布）に包まれた茶碗を出してみる。これは三十万円以上もするのだ。それにしてはどこがいいのかわからない。又そっと布に包んで蓋をして真田紐で縛るのだけれど、これが難しい。紐にくせが付いているので、なかなか同じ形にならない。きちんとしておかないと、触ったとおっちゃんにわかってしまうじゃないか。

私は十分以上かけて、どうにか紐を直して元の棚に戻した。

と同時に、ドアのチャイムが鳴った。

「いらっしゃいませ」

「おや開文堂さんはいないの」

「今出かけているんです。私留守番なんです」

「頼んでいた品、わかるかなぁ」

「ごめんなさい、聞いてないんです。あと一時間くらいしたら帰ってくると思うんですけれど」

「それじゃしょうがないな、せっかく来たのに」

「ごめんなさい」と又私は謝った。

このパターンはおっちゃんの指示にはなかったぞ。

お客さんは、私が子供だからかあまり文句もいわずに、お帰りになった。

一体何だったたんだろう。お客さんが来るなんていわなかったおっちゃんが悪い。帰って来たら文句をいってやろうと思う。

やがておっちゃんが帰って来た。ライトバンからダンボール箱をいくつも出している。

「おっちゃんお帰り、お客さんが来て、何か頼んであったもの取りに来たんだから」

「あっすまん、それなら済んだ、市場で会ったから渡しておいた」

「市場って何よ」

おっちゃんはもう私の相手をやめて、ライトバンから荷物をおろしている。

私は黙っておっちゃんが荷物を物置きに入れるのを見ていた。

荷物を片付け終わると、おっちゃんは私を呼んで二千円くれるという。留守番代だ。私はありがたく頂戴する。いつの間にかこういう習慣ができたのだ。月に二度ばかりのこのバイト代はとってもありがたかった。

ある時お店を訪ねたら、おっちゃんはライトバンに何か荷物を積んでいる。

「又どこか行くんだ」と私が聞くと、

「お前も行ってみるか」

といってライトバンの後ろの扉をバタンと閉めた。

「どこへ行くの？」

「市場」

よくわからないままに、ライトバンの助手席に座った。

十分くらい乗ると、大きな工場のような所に着いた。二、三十台の車が既に止まっている。何か得体の知れない荷物を運んでいる人もいる。おっちゃんもライトバンに積んで来た荷物を運び出した。建物の半分は土間で、あと半分が二十畳くらいの板の間と畳になっている。畳にはコの字形に座布団が敷いてある。その後ろに木の長椅子がいくつも置いてある。

土間には古い箪笥や訳のわからない木製品が積んである。

ライトバンの近くに立っていた私をおっちゃんが手招きして呼んだ。

私はおっちゃんの所へ駆けて行くと、いわれたまま畳の部屋にあがっておっちゃんが座った長椅子の隣に座った。

やがて時間になったのだろう、座布団からいっぱいになって長椅子も人でいっぱい、二十人くらい立っている人もいる。

「さぁ、始めるか」と座布団の敷いていない所に立った六十歳くらいの男の人がいった。

そこには、いつの間にかベニヤ板くらいの大きさの板が敷かれていた。

そこに、骨董品が次から次へと並べられると、右から左から声が発せられる。つまり骨董屋の言葉で言えば、せられていくのだ。

流れるように品物が並べられる、と同時にどんどん品物が変わって行く。ここは、骨董品の市場だったのだ。そして号令をかけた人は、この市の会主だったのだ。おっちゃんは何も教えてくれないからわからなかったのだ、何もかもが新鮮だ。おっちゃんも時々声をかけては、品物を落としていく。つまり買うのだ。一定のスピードで品物が出ていると思えば、セって、熱く場が燃える時もある。軍資金のあまりない私だが、伊万里の蕎麦猪口なんか欲しいなぁと思う間にセり落とされてしまう。

これじゃあとても私なんか落とせないなぁと思う。

おっちゃんが時々出かけていたのは、こういう市場に通っていたんだ。見ているうちにだんだん売り買いのスピードがわかって来た。

花鳥風月が描かれた、唐紙くらいの大きさの金紙が出た。何に使われていたのかわからないがとっても綺麗だ。会主が「三千円」といったので「五千円」と声を出してみた。すぐ誰かが「一万円」といったので諦めた。金紙はそのまま一万円で落ちた。セり落した人は一体何に使うのだろう。私も何に使うかも考えていなかったけれど、綺麗だったなぁ。

そして、その時は訪れた。

小型の茶箪笥が出た。灰色の地に白で胡粉がふいてある。あまり見かけない型だ。お茶道具一式が入る大きさだ。可愛いと思った。会主が二千円と発句をするけれど誰も声をかけない。

誰も声をかけないので、そのまま引き戻されそうになった時に、私が、ふいに「二千円」と声を上げた。

私の子供っぽい声で場の空気が一瞬で変わった。

会主が少しドスのきいた声で、

「あんたどこの子や」と私に向かって聞いた。

「開文堂」とおっちゃんが少し大きな声でいった。

「なんだ、開文堂さんとこのじょうちゃんか、それなら開文堂さん茶筆筒二千円」

と帳場さんにいった。

帳場さんとは、場に出た品物が誰にいくらで売れたかを記入する係の人のことで、大概女の人が二人でするらしかった。

会場にいる人は皆顔見知りなのだ。それが見ず知らずの子供が品物を落とそうとしたら確かにおかしい。会主が驚くのも無理はない。この会場にいる人は皆んな会主が知っている人達なのだ。

会が終わると帳場さんに二千円を払った。茶筆筒を出した二十代くらいのお姉さんが私の所へ来て、筆筒を買ってくれてありがとうと礼をいった。

なんでも自転車の荷台に、茶筆筒をくくり付けて来たとかで、今回細かいものをいくつか買ったから、売れなければどうやって帰ろうかと困っていたのだそうだ。本当は茶筆筒はもう少し高く売りたかったんじゃないかな。

私は、この〝ゆりちゃん〟とも仲良くなった。私はそれから、おっちゃんと市場通いを始めた。最初は開文堂のじょうちゃんと呼ばれていたのが、おっちゃんが文ちゃんと呼ばれていて、文ちゃんちのじょうちゃんになって、やがてただのじょうちゃんになった。

こうして、大人になるにつれていつの間にか私の通り名は「オジョウ」になった。

茶筅筒はあれから十分に役に立って、今だに使っている。この茶筅筒に出合わなかったら、私はきっと「オジョウ」とは呼ばれていなかったんだと本当に思う。

今では色々な市場へ通って行って「オジョウ」と呼ばれているが、この市場で私は骨董屋人生の第一歩を踏み出したのだった。「オジョウ」とは、今では私の分身である。

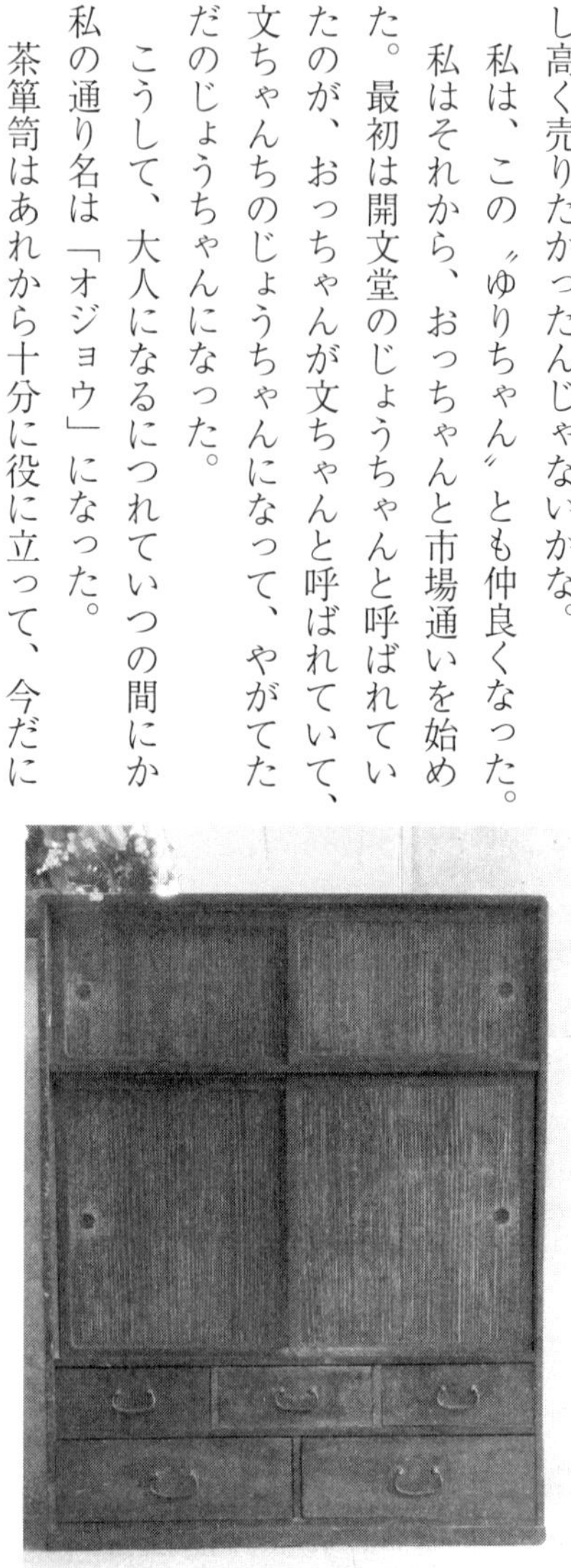
わが友　水屋小タンス

8　たまには、こんなことがあってもいい

覚えている人がまだいるだろうか。それくらい昔のことだ。なんとか科学館だとかいう一度も聞いたことのない会場で、骨董のショーが開かれたことがある。

まったく行ったことのない場所だけど、若い私と夫は、行ってみることにした。

私達は、地図を頼りに散々迷って、這う這うの体で会場に着いた。二百五十店は出店しているといっている、平和島骨董ショーに比べて五分の一くらいの会場だ。

その当時は骨董ブームだったはずなのに、会場が知られていないせいか、初日なのに平和島ほどのお客さんはいない。

顔見知りのおっちゃんに会ったので挨拶をした。この会がうまくいったら次から続けてこの会場でショーをやっていきたいと息まいていた。骨董のショーは、広い会場と駐車場と、賃料が安くないとやっていくのが難しいと聞く。

「品物が良ければお客さんはおのずとついていくんじゃないの。二、三回やってみれば人も来

るわよ。それより今日の目玉はどれなの？」

ケースの中の仏さんを指さしたので、住職がその中で可愛いお地蔵様を一体買った。

出展業者の中には見知った人も多くいたけれど、全然見かけたことのない人もかなりいた。

私はそんな一人から、集めているのに滅多に見つからない、射的人形の馬に乗った兵隊を見つけて、すぐにお店に入った。

「こんちは、おっちゃん、あの馬の人形いくら？」

「お姉ちゃん、買ってくれるのかい。美人だから三千円にまけちゃる」

「うん、買った」

安いのでとても嬉しい。お金を払うと、おっちゃんが馬の人形を新聞紙で包むのを見ていた。ビニール袋に入れようとするのを、

「ビニール袋は振ってぶつけて壊すの嫌だから、そのままもらうよ」といって、持って来た鞄に入れた。

「ありがとうよ、また来ておくれね」

「馬の人形集めているから、よろしくね」

「探しといてやるよ」

このおっちゃんとは、その後どこのショーでも会ったことはない。

店主の顔見知りが多いのは、おのずから、その品物も目垢（めあか）（もう見ていて興味を失したもの）が

付いたものが多い。

かといって、見かけない人の荷も、さっきの馬くらいで、さして興味を持てるものはない。それでも私達は、何か出物はないかと見てまわった。

とある店先きに、テレビに出ている古民芸専門の老鑑定士がいた。その弟子の骨董屋もいる。これでは目ぼしい物は彼等に買われてしまうなと、焦る。有名人だから、良い品をきっとここぞと出して見せるんだろうなぁと羨ましく思う。

そんな諦めきった私の目に、チラッと何かが映った。

そこは、露天の骨董市でも平和島のショーでも必ず見かける、五十歳くらいのおっちゃんがやっている、骨董というよりは一段落ちる雑貨と呼ぶのに相応しいような品揃えの店であった。私は一度も買ったことはなかった。それなのに、私は一番高い段の通路側の目立つところに置かれたボロボロの厨子(ずし)に目が留まったのだ。

どう見てもいんちき臭い厨子である。葵の紋が付いているのだが、なぜか上下逆さになっている。明らかに物を知らない人間が作ったまがい物である。

私が目を付けたのは、その厨子の中にある物だ。まさかこんなガラクタを売っている店にあるとは思えないもの。もう正午もまわっている。こんな目立つ所にあるのだ。私だって、あれっと思ったのだ。あの有名な老鑑定士が気付かないはずがないではないか。弟子の古民芸専門の骨董店主もいるのだ。

私は結局、手にも取らずに店を後にした。

夫は近くの店で、明治くらいの新しい（江戸よりは）二メートル以上ある、つまり七尺の大きな涅槃図を前にして悩んでいた。

私が来るのを待っていたみたいで、

「お前これどう思う」

「時代はないけど綺麗だし、飾るにはいいんじゃないの。あとは値段だわ」

私はわざと最後の値段の所で声を高くした。

「お宅さんは、お寺さんで」

「そうよ、安ければわけていただきたいわ」わざと余所行きの言葉を使う。

「こんな大きな物、なかなか売れないし、出店料が出ればそれでいいですわ」

と話がついて、十二万円で住職が買った。

どこから出て来た品か知らないが、ちゃんと箱とそれに見合う巨大な風呂敷が付いて来た。

ラッキーと思う。住職は上機嫌で、くたびれたからもう帰ろうという。

「この軸、今作らせたら百万円でも出来ないぞ」

「そりゃようござんしたね」

私はあの厨子の中身に心を残したままだった。

次の日、どうしても我慢ができない。

「また行く、一人でも行く」

「お前、あの会場へ行くには電車に乗って、バスにも乗らなくちゃならないんだゾ」

私はなぜか、バスだと酔う。

「どうしても行く。あの厨子が私を呼んでいるから」

夫は渋々車を出してくれた。

「なんで昨日いわなかったんだ」

「だって、軸買ってうきうきして、くたびれたから早くオウチに帰りたいっていってたじゃないか。とってもいい出せなかったんだ。それに、老先生がいて気付かないんじゃ、偽物なんだって一時は思ったんだもの」

「売れてたらどうする？」

「泣く」

会場に着いた。あのお店に急ぎ足で行くと、誰も触った跡もなく、昨日あったままの所に問題の厨子はあった。誰も中身に気が付かなかったということか。それとも、手に取るほどのこともなく一目見て偽物と思ったのだろうか。

店主に声をかけて、一抱えはありそうな厨子を手に取る。

「お前、まさかこんな物買いに来たのかよ」夫が呆れた声を出す。

「何いってんのよ、どこに目を付けてるの、これがわからないの？」

私は厨子の中に手を入れて、窮屈そうに押し込められていた恵比寿像を掴み出した。

二人とも無言である。八寸以上はある、割と大きめの像である。

へんちくりんな厨子であるうえに、恵比寿様を入れること自体がおかしい。

問題はその恵比寿様である。私は両手で転がして、頭の先きから像の台座まで見て、溜め息をついた。

夫も手にする。私達は互いにやり取りをして、像を眺めつくした。

「やっぱり私は、自分の目を信じたい」しかしその前に買える値段であることが一番大切だ。

「おっちゃん、この仏さんいくら？」とドキドキしながら聞いた。「十七万円」おっちゃんは手にした新聞から目を離さずそういった。

十七万円。そりゃあまた、何と中途半端な値段なんだ。どこをどうするとそんな値が出てくるのだろう。数百万円といわれるかと思った私は、力が抜ける。やはり偽物か。普通の恵比寿像なら七寸（二十一センチ）で二、三万円が妥当だ。ガラクタやってるおっちゃんでも高い方の品物だ。このおっちゃんでも少しは良い仏だと思う所があったということか。ますます混乱してしまう。

住職は用があるから早く帰りたいという。

「昨日もきたし、少しまけてよ」

「じゃあ十五万円」と割とあっさりまけた。

「それじゃあ、もらうワ」

たった十五万円で円空仏が手に入った。円空とは江戸時代のとても有名な木喰僧（五穀を断って、木の実などを食して、最後は土中で亡くなってミイラになる）である。

帰りの車の中で、私は呆けていた。

家に帰ってすぐに円空の大きな図録を引っぱり出して見ると、確かに似たような恵比寿像が載っている。作られていることは確からしい。だが、私の恵比寿様が本物かどうかわからない。自分の目を信じるといいながら、毎日のように偽物だったらどうしようと話題にしてしまう。古い電信柱（昔は木製だったのだ）を使った偽物が多くあるのだ。夫はそんな私を持て余したのだろう。古民芸が専門の東京美術倶楽部会員（東京でこれ以上判断力をもった人はいないだろう）のお店に私を連れて行った。私が風呂敷からおずおずと恵比寿様を出すと、一目見た店主は、

恵比寿像　円空

「これはいい円空ですねェ、恵比寿様とは珍しい。奥さん、これどこで見つけたんですか。大きなダイヤでも買いたくなったら、いつでも引き取りますよ」といったのだ。
これで、私の胸のつかえはとれた。
しかし、それからしばらく夫は、私がハイになって、円空、円空、ダイヤ、ダイヤと騒ぐの

に辟易したはずだ。

円空に凝った私達は、ついに円空の地元である岐阜へ二泊三日の旅に出た。

円空さんの祀られたお寺を見てまわった。どこも素朴な木造のお寺で、図録に載っているような円空仏が、ガラス戸一枚に一応鍵がかかっているだけの、警報装置や警備員もいない、これで安全なのだろうかと心配になってしまう昔ながらのお堂にお祀りされている。それが驚きだった。だからよけい仏様が身近に感じられるのだろう。立派な円空仏を見て、夫は羨ましそうだった。まわりの人々に守られてこそ現在があるのだ。

生涯に十二万体もの仏を彫ると発願したといわれる円空さんだもの、我寺にお迎えすることもできたわけだ。

岐阜の骨董屋には何店も寄った。当時はまだあちこちに木造の古い骨董屋があった。そのうちの一軒で、棚の奥に倒れていた、店主もその存在を忘れていた、煤で真っ黒になった不動明王か、修験道の神様かわからない、とても枯れて軽くなった像を買った。口のあたりが、円空仏にとてもよく似ていて台座も鉈彫りであったけれど、まさかねと思う。

円空さんは、農家に泊まっては乞われるままに、お礼に仏さんを彫って贈ったという。それが古い家の神棚の隅に祀ってあったという。あながち偽物ともいえないのだ。お昼に寄った蕎麦屋で、東京から円空仏を見に来たといったら、店主が「うちの実家にも円空さんがいらっしゃるんですよ。学者の人が見て本物だといって褒めて下さったんで、大切にしているんですヨ」と、自慢げに語った。そういう土地柄なのだと思った。

こういうと悪いけど、家全体が傾いて見える、店自体が骨董品といえそうな、店主までがお年寄りの骨董店にも、こっぱといわれる鉈で木を切り落して目鼻を付けただけの十センチくらいの円空仏があった。行ったお店のほとんどに飾ってあって、割れたウィンドウにテープで補修してある店でも、どこでも一体十万円くらいだった。

その当時の私達は、人差し指くらいのこっぱ像に十万円は出せなかった。私達はとうとう買わなかった。今思えば、真贋はどうであれ、記念に一体くらい買っておけばよかった。今は十倍くらいしているのだ。

円空仏

円空の美術館は、それは素晴らしかった。目録でみるのと本物とはかくも違うのかと思った。来て良かった。天候が良くなかったので見学者は私達だけだった。静かな中に私達の靴音だけが響いて、仏の御手に包まれた気がした。

そこで円空仏のイラストの入った葉書きを沢山買って、私はお寺の用事に使用し、なくなるまで使った。

もっと山の上のお寺にも行きたかったが、雨が酷くて危ないというので行けなかったのが残念だった。

ガラス戸がガタガタいう骨董店で、思いがけず出合った大昔の一円札を買った。大黒札という大黒天が印刷されてある有名なお札だ。これも立派な恵比寿大黒のコレクションになる。東京のコインショーではこれの五倍も値段がしていて、欲しかったけれど買えない品だったのだ。売れないで昔から残っていた一枚だったのだろう。もうどこの町だったかも忘れてしまったけれど、町自体が雨にけぶって時間が止まってでもいるように思えた。

家に帰って来てから、私は恵比寿さんを枕元に飾って寝るようになった。魚釣りなど、殺生と縁のない私であるけれど、自分の目を信じて良かったと、本当に嬉しかったのだ。良い御縁である。

しかしながら残念なことに、なんとか科学館のショーはそれ一回で終わってしまった。場所が悪くて、知名度がなくて、お客さんが思うほど来なかったのだろう。二回三回と続ければ人が来るようになったのだろうが、主催者はそれすら待てなかったのだろう。たった一回行われただけだから、覚えている人は少ないだろうけれど、私は忘れない。地名は忘れてしまったけれど。

それから、あのへんてこりんなお厨子は、次回の平和島のショーの時、テーブルの下に転がしておいたら、いくらと聞く人がいて、タダでいいよといったら喜んでもらって行った。やっぱり世の中には変わった人がいるもんだ。

9 「オジョウ」人形を買う

「気づくな、気づくな、見つかるな」と私は心の中で念じた。相手の手が止まった。私はすかさず「十五万円」と声をかけた。

私は和物専門の骨董屋をやっている。通称は「オジョウ」。四十過ぎているけれど、一度付いた通り名は、この業界では、そんじょそこらでは変わらない。きっと私がバアちゃんになってもこう呼ばれ続けるのだろう。

私の専門は伊万里の皿物だけれど、それとは別に、ちょっとは人に知られた人形コレクターでもある。人形と名の付く物は、少なくとも四百体以上は手もとにある。

四百と聞くと多く感じる方もあるだろうけれど、とてもこの数では、コレクター仲間の間では大手を振って歩けない。私が少しだけ有名なのは、三尺（約九十センチメートル）ある大型の明治時代の人形コレクションがあるからだ。

大きな人形は場所を取る。コレクターはやはり数が命なのだから、大きなお人形はどうしても避けて、手頃なかわいいものを集める傾向が強い。私は、安んずるかな寺に住んでいるので、人サンよりも多少家が広い。したがって、七尺（二百十センチメートル）の水屋タンス三本にずらっと人形が並んでいらっしゃる訳なのだ。

その数は約百体。この数字は少しは人に誇れる。しかもほとんどの人形に当時の江戸縮（ちぢみ）と呼ばれる縮緬（ちりめん）の着物を着せてある。これ等は骨董の市なんかで出合って、その時のおサイフの具合で少しずつ集めて来たものだ。

元々ひな人形を作っていた人とお客として知り合ったことがコレクションを大きくする手立てになった。明治の抱き人形と呼ばれる人形は、木の粉を練って形どって、胡粉（ごふん）を塗った脆（もろ）いものだ。指が一本欠けてしまっているなど、痛々しいものもある。

十年近く前の六月の暑い日だった。旭（あさひ）さんという客人が店に来て、縮緬を少し買ってくれた。私はその時ちょうど人形を裸にしてあちこち見ていた。その人形は踏まれたかしたのだろう、片手の指が皆取れていた。

有名な人形師がまだ今の世にも居て、この様な壊れた人形を直してくれるが、片手を直すだけでも五万円は掛かる。

私はため息をついてその人形の手を見ていたのだろう。旭さんがのぞき見て、「素人の仕事でよければ直してあげる」といったのだ。

迷わずすぐに頼んだ。人形を抱いて行くには暑い季節だから自宅に送ることにして初めてその人の住所を知った。私は恐る恐るその手間賃を聞いた。「ただでいいわよ、もうひな人形作っていないし、その時の材料残っているからもったいないしね」なんというありがたい言葉だろう。それでも三千円で話がまとまった。

夢の様な、私にはうますぎる話だ。その当時六十代くらいだった旭さんは元気もあって、その後喜んで私の人形達を直してくれる様になった。

時には全く両手がない子（人形）が安く手に入った。それを、他の人形の手を形紙にとり、とても素人の作とは思えない見事さで両手を直して、というより再生してくれたのだ。この人が居なかったら、百体も人形は集められなかったろう。手足の欠けた人形であったから、私の乏しい財力でも手に入れることが出来たのだ。当時でも、明治の大きな抱き人形は、まともならかなり高値だった。

人形は元々人形（ひとがた）から始まって、平安時代頃から、子供の守り神として作られて来た。それが江戸時代になると、手足の曲がる、いわゆるお座りができる人形が作られる様になってきた。話は変わるが、あの日本が誇る可愛いリカちゃん人形も、最初は膝が曲がらなかった。江戸時代の人形に負けているのだ。その江戸の三つ折れ人形は、時に婚礼の心構えを教える教材でもあったと聞く。

それが明治になって、富国強兵などといわれる様になると、抱き人形に変わってくる。三つ折れ人形が女の人形なら、抱き人形は男の人形だ。

丸い坊主頭に、チラチラとマゲもどきが描いてあって、一重瞼にふっくらした頬である。当時の男の赤ん坊がこうであったらいいなと思って作られた想いが伝わる、それは可愛い人形なのだ。

そして、その人形は女の子に与えられる。現代ならば、女の子は少女人形を持って、ファッションドールとして遊ばれるのだが、明治時代は考えが違っていた。少女は、将来結婚したらこの様な立派な男の子を生み育ててお国のために尽くす様に、と望まれていたのだ。子育てを教える人形だったのだ。

だから人形を裸にすると、可愛いオチンチンが必ずついている。何故か後々の大正、戦前の昭和になって、女の子の人形が当たり前に作られる様になっても、髪もおかっぱで、女顔をして赤い振り袖を着ていても、中に男性器がついた人形が時々あるのには驚かされる。女の子の遊びにも、国政が強くかかわっていた時代は、恐ろしくもある。

そんな中で私は奇跡の一体を見つけた。珍しくおかっぱ頭で、体も女性である。こんな人形は見たことがない。ただ惜しむらくは頬に傷がある。市場で少し競ったが、どうにか私の手に入った。顔は抱き人形である。しかし人毛のしっかりとした頭髪がついている。指にもちゃんと線がほり込んである。安物の指は棒の様であるから、上手といっていい。とにかくすごく貫禄がある。私は一発でこの人形に参ってしまって、「お万さま」と名を付けて、それは大切にしていた。

人間は愚かである。今だに私はその時のことを悔やんで止まない。私はある催事に出ることになって、花を添えるつもりで「お万さま」を連れて行った。客人が私の専門の皿じゃなくて、「お万さま」ばかり値段を聞くので、売りたくないから「五十万円」と紙に大きく書いて貼ってみたら、さすがに手に取りたいという人もいなくなって、せいせいしたわと、その時は思った。催事の最終日、私は他に仕事があって行けなかった。店を他の人に任せて帰りを待っていたら、任せたおっちゃんが興奮して帰って来た。

「売れましたよ、ほらこれお代です」

「何が売れたの、金襴の三つ組?」

「違いますよ、人形ですよ。どうしてもまけてくれって四十八万円で売れましたよ」

私は立ち上がれなかった。私はバカだ。世の中にはちゃんと「お万さま」の価値をわかる人間が居たのだ。ああ、もう二度とあんなすごい人形は手に入らないだろう。こんなことなら百万円と書いておけばよかった。

落ち込む私に、おっちゃんは不審そうに、せっかくあまりまけずに売ってやったのにと不満顔をしている。

今ももし、「お万さま」に出合ったら、私は言い値でいいから買い戻したいと思っているのだ。

そんな私に、ありえない様なチャンスが巡って来た。

それはある市場でのことだった。私の専門は伊万里だから、すでに「文化・文政」あたりの年号が書かれた箱物（例えば二十枚とか同じ皿が一箱に入っている）をいくつか落している。元々が伊万里ものが中心の市だけど、下手（げて）（品物が上等でないこと）が多いから、私にも安心して出入りが出来る気楽な市場なのだ。

品物が場（ば）（セリをする物を並べる所）へ出されては落されていく。私は下手でも古伊万里を手にしたい。品物を見ながら売り先を考えていたら、思わず、息をのんだ。

こんな市に珍しくお人形が出たのだ。それもそんじょそこらにある人形ではない。平田郷陽の市松人形なのだ。答礼人形を作ったことで有名な人形師で、私は一目でそれが郷陽の作であるとわかった。

日本とアメリカは、戦争をする前にはお人形の交換をしていた。あの「青い目をしたお人形は、アメリカ生まれのセルロイド」と歌にある、お人形の返礼として立派な日本人形をアメリカ政府に贈ったのだ。その時に、日本を代表して選ばれた人形師が郷陽なのだ。

しまったぁと、心から思った。どうせ下手ばかりと、今日は軍資金を五十万円しか持って来ていない。こんな市に郷陽が出るなんて。魯山人とかが出て来る様なものだ。

人形は一尺（三十センチメートル）の背丈（じょうて）で、可愛い人形に合わせて作られた五つ紋付の着物を着ている。それだけでもいかに上手かわかる。

会主は発句を五万円といったけれど、誰かが、郷陽じゃないか、といらぬことをいう。

ここで女は私一人だけだけれど、人形コレクターだとは知られていないから、誰も私に声を掛けなかったのが幸いした。一方で郷陽の声を聞いて売り手には欲が出たらしい。

「よし裸にすべい」

ああ、作られたまま人の手の入っていない人形の着付に、汚れた男の太い指が帯をほどく。人形の着物がひらかれた。

一同から落胆の声が上がる。人形の着ていた下着は無紋だったから。普通の人形なら、礼々しく作者の名前が印刷されるか、手書きで書いてあるからだ。

「ああ、気づくな、気づくな、見つかるな、背中を見ないで……」私は心の中で祈り続けた。

売り手は、証拠が出ず残念そうになおも着物をいじっていたが、ついに諦めたのだろう、人形を着物のまま場に戻した。

私は、心の動揺を見透かされない様に、大きく息を吸うと、

「十五万」と声を上げた。

会主が、「十五万、オジョウ」という間がなんと長く感じられたことだろうか。

かろうじて郷陽の市松人形は私のものになった。

品物は裏に運ばれることが多いけれど、壊れ物の人形だ。会主が手招きするので場まで取りに行って、包まれていた風呂敷に着物やらをまとめて人形を抱いて席に戻った。

着物を着せてやろうとして興奮して手が震えてしまうので、そっと席を立って、人の邪魔し

ないふりをして、人サンの一番後ろに行って、そっと人形のスリップを捲った。あった。私の目に間違いはなかった。彼が時に背中に向けて名を入れるのを知っていたから。

コレクターをやっていてこんな日はもう二度とないだろうなと思える日であった。

顔にティッシュを厚くあてて風呂敷に包んで、イッシィから鍵を借りて、車にしまいに行った。盗難のこともチラッと頭をかすめたけれど、値の決まったものを盗むやつもないだろうと、郷陽人形を助手席に大切に置いて来た。

後は気が抜けて、ダラダラ時間が過ぎて行き、ただ早く家に帰りたかった。

市場が終わって、会主さんに挨拶して、帳場でお金を払ったら、長い一日が終わった。

イッシィが荷物を車に載せるのを手伝ってくれる。私としたことが、買った皿を忘れそうになって会主に怒られた。

「十五万て、少し高すぎないの?」とイッシィが聞く。

「だって、私今日五十万しかもってなかったんだよ。本当なら買えなかったよ」

「じゃ、本物なの?」とイッシィが驚く。

「あったりィ。ちゃんと確認した。本物の郷陽さんだよ」

人形は今私の腕の中にある。

「あそこだって、本物とわかったら百万では買えなかったね。デパートの骨董市なら二百五十万はするよ」

知識は何より大切だ。だけどなんと大きな運を手にしたんだろう。皿を忘れちゃうのも無理はないね。骨董屋はあまり儲かる仕事ではないけれど、こういう夢がたまに実現するから止められない。

私はその晩、枕元に郷陽作の人形を飾って、良い夢を見たのだった。

後日談

この人形は、私のコレクションの中でも秀美の一点であった。しかし口は災いの元、お店に来たお客さんに、郷陽持っていると、何気なく言ってしまったのだ。私の、絶対売らないからね、という言葉を無視して、お客さんはコレクションルームの他の水屋箪笥など見向きもせず、ロココ調のイスにすわらせてあった郷陽さんを抱くと、二度とおろさなかった。そして翌日、私の前にお札の束があったのだった。

市松人形　郷陽さんではない

10　ミッドナイト in 六本木

ミッドナイトの六本木に、夫とともに居る。飲みに来たのでも、クラブに遊びに来たのでもない。そもそもそんな所は結婚以来一度も行ったことがない。

ある骨董屋さんの催事の開くのをじっと待っているのだ。

午前一時を少し過ぎたところだけれど、シャッターの閉じた店先には先客がすでに居た。私達は三番目だ。これでも最前列を狙ってやって来たというのに、前の二人は一体何時にここに着いたのだろうか。

お店の開店時間は午前九時だけれど、先客の二人の話声によれば、店主が六時頃やって来て、番号札を配るらしい。そう聞こえたのだ。無論、私達とは会話はない。それもそのはずで、催事はいわば戦いであるのだから。私達は敵同士なのだ。

その後もお客はやって来て、私達と同じに先客の居るのに驚いて舌打ちをするのだった。

お客はみな男性である。そもそも女一人で、いくら六本木だといっても真夜中の、本通りから路地を入った薄暗闇のお店の前に並ぶのは勇気がいる。夫について来てもらわなかったならこんな冒険に来られる訳がない。

お店は古民芸の専門店だ。今時珍しい、まっとうな品を扱っている。このお店での年に一度の催事があると教えてもらって、とにかく夫を説き伏せてやってきた。いつもなら寝ている時間に夜風に吹かれて、冷たいコンクリートのお店の玄関のたたきにボーッとして座っているのだった。今は六月だから良いけれど、真夏やまたは真冬なら耐えられないことだろう。

これで良い商品が手に入らなかったら、どんなに夫に文句をいわれるか、わかりゃしない。是が非でも夫が納得する民間仏の一つでも手にしなければならない。

民間仏とは、正式な仏師の手にならない、各地方の、良いところで大工さん、それより落るとその家の主人が、自分たちの家内繁栄を願って作った仏様だ。したがって見本などなく、自分の思うがままに作られたからこそ、私達を魅了する素朴さのある仏様なのだ。大概煤けて真っ黒になっている。またそこも良い。私達は、そんな民間仏を、大小合わせて二百体以上集めている。

これは夫の趣味だ。だから、今夜の私の願いを聞いてついて来てくれたというか、私の外出を許してくれたのだ。

こんな外で夜を明かすなんて生まれて初めてのことだ。たかが骨董といえど、こんな夜中から人が集まって来るのだから、皆の思いはただ一つ。良い品を手にしたい、ということだ。

私達は、ただ開店が朝の九時であるとしか知らない。全く勝手のわからない中、とにかく一番を目指して昨日は昼寝をして、自宅を午前○時過ぎに出かけて来たのに、すでに先客が居た。出がけにお茶を持って行こうなぞと、ポットを持ったり時間をかけなければ良かった。そこかしこに飲み物の自販機があったというのにだ。

ああ、何事も中途半端はいけない。一番を狙うんだったら、午前○時前に着いていなけりゃいけなかったんだ。少し落ち込む。

それでも夜は長い。

何度かこの催事に、来たことがあるらしい先客の前で、一見さんに思われるのも悔しい。

「今回は、何が出るんだろうね」

と、精一杯の見得を張ってみる。

「いい仏さんがあればいいけど、お前は聞いてないのか」

そもそもこの話は、私が知人の骨董屋から聞いて来たものだ。良い品が出ると教えられて夫に泣きついたのだった。こういう、お店の催事にはあまり本当のプロは来ない。買っても採算が合わないから。

すぐにお店に電話をしたら日付を教えてくれて、先着順だけど朝九時の開店だから気軽に来て下さいと、あっさりいわれてしまったのだ。夫向きの民間仏もあるし、私向きの古伊万里も少しはあるといっていたのだが、何の仏さんかは教えてくれなかった。

事前に催事の目玉は、そりゃ教えてはくれないよな。夫が諦めたようにいった。

私達はせっかくだから持って来たお茶を飲んだ。

「私、コンビニでトイレ借りて来る」

と立ち上がって後ろを見ると、すでに十数人が並んでいた。

通りかかる人が何事かと見て行く。皆、リュックを背負い、スニーカーに帽子姿だ。私がいつも出ている骨董のショーにやって来るマニアの人達と同じだ。夫だって同じ格好をしている。さすがに知った人は居ない。

この夜中にもうこんな人が集まったのかと、私は自分のことは忘れて呆れてしまう。それだけ今古民芸は見つからないのだ。

その後は、私がコンビニで買って来たポテトチップスとポッキーを食べながら、時が経つのを遅しと待つ。その間に夫もコンビニにトイレを借りに行き、帰りにはホットココアを買って来た。お店が開く前に太ってしまいそうだ。

夜が白々と明けてくる。ビルばかりで御来光は拝めないが、人の列はもう二十人を超えているだろう。今頃私達の様に一番を狙って来る人も、さすがにこの人数では諦めざるを得まい。

六時を過ぎた。そこへ店主がやって来て、並んでいる人数に驚いて、番号札が足りるかなと心配をする。

私と夫は三番と四番の番号札をもらって、やっと人心地がついた。

しかし開店まではまだ時間がある。私は夫と一緒にコンビニへ朝ご飯を買いに行って、それぞれサンドイッチとおにぎりを買って来た。

「こんな所で朝飯食べるなんて思わなかったよ」

「サンドイッチ一切れ食べる？　これも良い骨董品を手に入れるためだよ」

夫は私のハムサンドを一切れ食べた。

そんなこんなで時間がゆっくり経っていく。

八時少し前になると、店主がまたやって来てお店のシャッターを開けたので、皆から歓声が上がる。彼はお店の中に入って、電気をつけたりして来たのだろう。再びお店から出て来ると、

「少し早いけれど、長くお待たせしたみたいだから、下見をして頂きましょうか」

といって、戸びらの前から体を横にどけた。催事はどうやら店の二階で行われるらしかった。

私達は我先きにと階段を上がって二階に向かった。

事前に下見があるのだ。これはとても良いシステムだ。私達はまず仏様が並ぶコーナーへと飛んで行って、人を掻き分けながら品揃えを見てまわった。

「欲しい物あるの？」

「とりあえずこの観音様みたいなのと隣の恵比寿・大黒と、何だかわからない神像と、とぼけた阿弥陀様かな」

観音様は光背を入れると三十センチメートル以上もある。多くの人が手に取っている。今回

の目玉商品なのだろう。恵比寿・大黒も二十五センチメートルはある。愛嬌のあるお顔立ちをしている。もう一組の、大型の恵比寿・大黒は煤けていて、枯れて軽い。迷うところだ。その他にも三十数体の仏様が並んでいる。

その後、私達は会場をぐるっとまわって見た。私の好きな本郷焼の植木鉢がある。欲しい。ただし焼物類は民間仏の反対側にある。足の悪い私があの重たい植木鉢を手に入れられるだろうか。途中で転ぶ姿が思い浮かぶ。私は頭を振って、そんなイメージを振り払った。

そんな中でちょっとしたハプニングが起きる。後から入って来た青年が、いきなり仏像を何体も両手に抱えだし始めたのだ。周りからすぐさまブーイングが起こって、その青年は、

「下見だって知らなかったから……。人がいっぱい居るのに良い品物が並んでいて変だなと思った」

といいながら商品を元に戻していた。

危ない。私達も知らずに今頃来ていたら同じことをしでかしていたかもしれないのだ。恥をかかずに済んだ。

私達は店の隅のベンチに腰かけて作戦を練った。

今回は夫に免じて民間仏を狙おう。欲しい物は決まった。やはりあの観音様が一番欲しいが、難しいだろう。でも、二人居るのだから。何かは手に入れられるだろう。

九時五分前になると番号順に階段に並ばされる。私達は三番と四番。最後の段取りを話し合

った。

その時、珍しくワイシャツとネクタイ姿の小太りのおじさんが先頭にやって来て、あのわけのわからない神像のことを、自分の研究対象だから是非にも自分に譲ってくれと哀願し始めたのだった。彼は十番目くらいだった。余程欲しい物なのだろうけれど、彼に返事をする者はいない。当たり前だ。私達だって欲しいのだから。

店主の「そろそろ時間ですから」の声に、一斉に会場に踊り出る。

一番の人が観音様を取った。二番目の人が例の神像を取った。夫は両手で、栗の木で作られた重たい恵比寿・大黒を抱えた。私は阿弥陀様を片手で取って、左手で、その隣にあった立像を二体手にした。

会場は、もうお客さんで大混雑である。私達は急いでレジ横の台に仏達を番号札と共に置いて、またコーナーへ戻る。

夫は人混みの中で、奇跡的にも、もう一組の恵比寿・大黒を手にして戻って来た。

私の欲しかった植木鉢は見に行った時にはすでになかった。残念なことだけど、今回は付き合ってくれた夫の好みの民間仏が七体も買えたのだから、それで良しとしなければなるまい。

戦いは十分程で終わった。このように骨董品を、ヨーイドンの号令で買うとは思いもしなかった。あちこちのショーで、時間前に並ぶ人達の気持ちが良くわかった。

レジ脇に置いてある、私がゲットした阿弥陀様を手にしている男性が居たので、すっとんで行って、これはもう売約済みですと、きつくいってしまった。開店してからのこのこやって来た人に、夜中の一時から並んでやっと手にした品物を取られてはたまらない。

私達はとりあえず民間仏の会計を済ませて包んでもらった。これでまずは一安心だ。ゆっくり残り物を見る。さすがに激戦の後だ。もう小品しか残っていない。

それでも私達は小さなお地蔵様を見つけて、それも買った。三千円だった。

戦いから一時間も経った時分に、外国のパーティみたいにワインを片手にやって来る人が居る。この人は骨董に興味がないのだろうか。なんだかんだといっても、さすがにここはおしゃれな六本木なんだと思った。

観音様が取れなかったのは残念だけれど、思いがけず今時なかなか手に出来ない民間仏が舞い下りた。

夫は満足そうだった。なにしろ来年は一番に来ようといったのだから。

私はあくびを噛み殺しながらも、笑いこけた。来て良かったね。

さあ、早くうちに帰ろう。お寺の仕事が待っているのだから。

11　オジョウ店番をす

私の名は「オジョウ」。和物専門の骨董屋をやっている。

本業は寺の大黒（寺の奥さんのこと）である。境内の山門外にもと美容院だった小さなお店を出している。寺の仕事の合い間だから、たいした品物もない、ささやかなお店である。

まずドアを開ければ土間になっていて、その半分には戦争物の小さな猪口（ちょこ）が、リンゴ箱一杯入れて置いてある。

お客さんは上り框（がまち）で履物を脱いで、スリッパに替えていただく。

入ってまず目に入るのが、抱き人形がいっぱい座っている水屋箪笥（台所に置かれていた食器などを入れておく箪笥）だ。銘仙（めいせん）や紬（つむぎ）の着物に綿入れのチャンチャンコを着て、ニッコリ微笑んでいる抱き人形達。綺麗な縮緬（ちりめん）の着物を着た尺二（一尺二寸、四十五センチ）の可愛い大型の市松人形達。

お人形の嫌いな人には気持ち悪いといわれるけれど、それは趣味だから仕方がない。

このお人形達の歓迎を受けて部屋に入ると、高級な食器がおさまっている箪笥がある。鍵はあるけれど、戸が重いから鍵は掛けない。今は古伊万里の三つ組（大・中・小の入れ子になっている食器）がでんと展示してある。

その奥には古着が壁にかけてあって、その足元にはつづらに古着の小切れが沢山入っている。綺麗な縮緬の小切れはご婦人方にとても人気がある。今、自宅で小物を作って、それを売る人達が増えてきている。私のお店にも、自作の小物を置いて売って欲しいという人まで現れているのだ。綺麗な小物をお店に並べたり吊るしたりすれば花が咲いたように美しいので、私としてもありがたい。

あとは、周りのガラスケースに、古伊万里の食器や市場でいいなと思って買った小物が折り重なるように置いてある。要は雑多なお店なのである。

ここは美容院のあとだったから、ドアの横から天井までガラス張りになっているので、お店の中がよく見える。

参道の先は行き止まりになって、両側には食べ物屋が多い。昼休みなどは、腹ごなしのサラリーマンがよく覗いて行く。したがって私は昼休み前にお店を開けることが多い。今日も三人組のサラリーマンが入って来た。年格好からすると、上司一人に部下が二人らしい。

「いらっしゃいませ、今日は何ですか」

彼等は、あれやこれやという割に買ってくれたためしがない。

上司と思える一人が、窓際に飾られた二尺（六十センチ強）のお皿を一人で出して来た。

〝うわぁ、一声かけてくれればいいのに〟と心の中で悲鳴をあげる。

「これだよね」

「そうです部長、目がいいですよ」

「値段もそう高くないし」

〝ヘェこんなサラリーマンでも風流がわかるんだ〟と少々驚く。

部長と呼ばれたお客さんは、手にした皿を右に左にひっくり返して見ている。

ちょっと乱暴じゃないかなと私はハラハラしてしまう。

そうして見終えると、部長は元の棚に戻して何もいわずに帰って行った。

今日の午後は寺の仕事は何もない。四時に夕食の買物に行くまで自由だ。少し品物の模様替えをしてやろうと思う。

奥の物置から昨日市場で買ったばかりの江戸縮（幕末から明治あたりまでに織られた糸の細い縮緬の布）の内掛を出して来て飾ってみる。さすが時代が経っていて見事だ。当分は眺めて楽しもうと思う。

さっきの部長が手にしたお皿も（山水の図だった）、験直しで鯉のお皿に替えてしまった。

うちのお店の特徴は、部屋の真ん中に炬燵がでんと居座っていることだ。冬ならみかんでも食べながらお客さんと骨董話に花を咲かせられるが、六月の今では、単なるテーブルでしかない。それでも、ポットにはお茶の用意がある。

一人でお茶にしようかと思ったら、玄関から声がする。三十代前半くらいの女性が立っている。

「お店やってるんですか?」

「いらっしゃいませ。ようこそ、やっていますよ。申し訳ないけれど靴は脱いで下さいね」

お客さんは靴を脱ぐと、りんご箱の中身に興味を持ったらしかった。中には戦中（第二次世界大戦）に作られた盃（さかづき）が沢山入っている。

その多くは退役退官記念で、和歌などが内側にかかれている。その中で人気があるのが、盃が兜型をしたり、桜の花や飛行機などが高台になったりしている変わり盃である。特に戦争物を集めている男の人に手軽さで人気がある。

実は、私もこの手の物に興味がある。この盃の山は、地方のある市場で、誰も手をあげないので千円で落した。傷のない物も沢山入っていて、とってもお買い得な買い物だった。今では欠けたりニュー（ひび）が入ったりしたものばかりだけれど、まだお宝があるかと人の足をとどめる効果がある。

「お茶が入りましたから、どうぞ」

「わぁ、ありがとうございます。おいしそうなクッキーですね」

私達は、炬燵をテーブルにしてお茶を飲んだ。

「何か新しい物が入ったりしませんか?」

お客さんはクッキーを食べながら聞いた。

私も何気なく、

「あそこに飾ってある縮緬の内掛が一番新しいわね、ちょっと値段が高いけれどね」

「どこにあるの見せてよ」

私は立ち上がって内掛を指差した。

「ほらこれよ、昨日市場でセってきたのよ」

「ほんとう、綺麗な内掛ね、見てみたいから降ろしてくれない」

私は内心、少し慌てて、しまったと思った。この内掛は当分売らないで眺めていようと思っていた。飾ってまだ数時間も経っていないうちに、お客さんに見せるなんて思ってもいなかったから。

お客さんは、壁から降ろしてくれといって止まない。仕方なくやはず(竹棒の先きに金具がついている、壁の釘から物をとる骨董屋には絶対必要なものだ)を手にした。私がしぶしぶ降ろすのを見て、お客さんは、早く早くと急かす。

お客さんは、両手で内掛を抱えて降ろすと、すぐに羽織り始めた。

「鏡で見せてよ」

お客さんは買う気満々だ。奥から姿見を持って来て明るい所へ置いた。お客さんは右を向いたり左を見たりしながら、裾をひいてみる。まだ私も試着していないのにと、ハラハラと見ていた。

お客さんは片袖を脱いで片手で内掛を抱くと、あとは何があるかと聞いて来た。

「あとはここにある蕎麦猪口とお皿で、あっ、これ結構良いものですよ」

私は両手を伸ばして内掛をとろうとするのだけれど、お客さんは片手につかんだままそれを離さないのだ。

「これ、くらわんか（水上交易で小舟に、この皿に食べ物を入れて売ったお皿、これ喰らわんか、といって売った）は、柄が変わっていておもしろいですヨ」

と私は必死に内掛から気持ちをそらさせようとする。しかしお客さんも、かえって私が売りたくないと気が付いている。人間はなんとなく感じるものだ。私が売りたくないと思う程、他人は欲しいと思うものだ。

私は、

「これは昨日手に入れたばかりの内掛だから、もう少し見ていたいの」

と素直にいった。

お客さんは、「せっかく電車に乗って遠くに来たんだから、これは買って帰りたい」といって聞かない。

「仕方がありません。五万円でいいですか」というと、あっさり五万円でいいという。今思えば、当時は古着は本当に安かった。百年以上も前の古い着物がこんなに安かったのだ。手刺繍の小花がいっぱい付いた銀色の着物だった。

売ってしまえばもう未練もなくなり、また二人でお茶を飲む。「この鶴の湯のみ素敵ね」「それも売り物だよ」その人は鶴の湯のみも買ってくれたので一万円なのを千円まけてあげて九千円にしてあげた。

こうして今日は大きなもの（着物）が売れて、趣味の面で少々残念ではあるけれど商売としては良しとしなければならないだろう。

お客さんは、私がショーの時にあげた名刺を頼りに埼玉からやって来てくれたのだ。内掛を二人でなるべく小さくたたんで荷造りをして、肩から掛けられるようにしてあげた。また着物が入ったら連絡して欲しいといって喜んで帰って行った。

それから四日ばかり、お寺が忙しかったのでお店を開けなかった。その間にお店の外でちょっとした事件が起こっていた。

ポストに、会社の便箋で手紙が入っていたのだ。

前略、時々お店にお邪魔している者です。

おとといお店で山水のお皿を見ました。

その時はいいお皿だと思っただけでしたが、欲しいと思うようになって来ました。

それでまたお皿を見に行ったら、全く違うお皿になっていました。びっくりしました。売れてしまったのなら仕方がないけれど、もしまだあったら譲って欲しいです。あれから昼休みにお店に行っていますが、お店がここずっと閉まっていて心配です。売れていなければいいけれど、諦めきれないので手紙を書きました。こんなことならおととい買えばよかったと思ってやみません。昼休みにまた出かけます。

それでは、草々

こういうラブレターは照れちゃうなぁ。あの日、一声かけてくれればいいのに、悪い事しちゃったなぁ。同じような体験を何度もしている私は声を出して笑った。

次の日も買わずにみるだけだったのかもしれない。こんなちっちゃい店で品物が替わっているなんて思いもしなかったことだろう。

私はカーテンを目いっぱい開けて例の山水のお皿をテーブルの真ん前へ飾った。そして鯉のお皿を見えない所へしまいこんだ。そうして胸をドキドキさせて部屋の角で古着の整理をしていた。そこへ三人組がやって来た。明るい戸外に人が立って部屋が暗くなった。三人はしばらく外で何か話していたが、覚悟を決めたのか、ガラス戸を開けて「こんにちは、見せて下さい」

「ハイどうぞ、御自由に見て下さい」

最初からこうすればいいのに。

「この山水のお皿見ていいですか」

「どうぞ、この間、熱心にご覧になってたお皿ですよ」

「あの時は失礼しました。売れちゃったのかと思ってびっくりしましたよ」

「それはごめんなさい。こんな小さな店でも模様替えはするのです。でもその山水のお皿、涼やかで（この時六月）これからの季節にいいですよね」

「部長、私もいいと思いますよ」

「自分もいいと思いますよ、部長が買わないなら自分が買ってもいいくらいで」

良い部下だこと。

こうしてめでたく山水のお皿は部長さんのおうちにお嫁入りとなった。

こんなもの買って奥さんに叱られないかしらと心配してしまう。しかし話を聞けば自宅を新築して和室に小さいけれど床の間があって、何か飾りものを探していたのだそうだ。

そう聞けば、お祝いを兼ねて、お値段もぐっとお安くして差し上げなければなるまい。四万八千円なのを四万円じゃ数が悪いというので三万八千円にしてあげた。利益はほんのちょっとだけれどこの人なら大切にしてくれそうだ。それに床の間あるから掛軸もいずれ必要になるだろうし、お皿にしても四季があるから、これから楽しみだ。

良いお客さんができたものだ。

12　お人形が売れました

骨董屋は片手間で、本業は寺の大黒である。

寺は確かに忙しい。檀家さんは、寺は年中無休だと思っているらしく、だから朝から晩まで約束なしでやって来る。

「ごめん下さい」で一日は始まって、お線香一把下さいとか、車を止めさせて下さいから、法事の予定を立てたい、知人のお墓参りに来たので場所を教えて下さいとか、御塔婆の申し込み、御葬儀の相談、お墓を新しくしたいとか、家庭内のゴタゴタの話を聞いて欲しいといってくる人もある。

とにかく、寺の行事以外にも色々な用件が毎日ある。電話もしょっちゅうかかってくる。けれど、いつも来客があるわけではない。そこが難しいところで、私が骨董屋のお店に行っていいのは、住職が在宅で法務がない時だ。

早お昼を済ませて、近くのサラリーマンが仕事場から昼食に出る時分にお店を開けるのが常だ。

それでも、時々はお客さんが待っていてくれたりするのだ。今日も二人の女性がいた。

「あっ来た、来た、今日こそは、お店開いているって待っていたのよ」

「そうよ、待ってた分、何かおまけしてもらわなけりゃね」

「ハイハイ、おまけするから、ちょっと待ってね」

扉を開けると、二人組はお店になだれこんだ。

「あっ靴を脱いで入ってね」

私は、慌てて手で制した。

「あら、靴を脱ぐなんて今時珍しいわね」

三十代と四十代くらいの女性である。四十代くらいの女性は眼鏡をかけている。

「ごめんね、冬の炬燵(こたつ)の時期は最高ですけどね」

「へェ今度は炬燵の時に来よう」

「ミカン持って待ってますから」

お客さんに笑みがもれる。

「何を見にいらしたんですか?」

「お人形よ、おたくはお人形さんが沢山あるって聞いたから」

「さあ今日はお人形沢山出ているから、ゆっくりして行って下さいな」

「このお人形見たいんですけれど」

「いま、取ってあげますよ。触ったくらいじゃ壊れないから、好きな子（お人形のこと）を抱いて下さいね」といって指差された抱き人形を渡した。

眼鏡をかけた女性は大事そうに人形を抱いて、顔を覗き込んだ。

「わぁ可愛いわね、これいくらするんですか？」なかなか行動が早い。

「ちょっと高くて、四十五万円します」

「少しまけてくれるんですよね」

「ハイお勉強（まけてあげること）しますよ。この子は、立派なオチンチンが付いているんですよ。裾をめくってみて下さい」

三人で覗き込んで声を上げて笑った。

「上等のお人形ですよね、ここまでしっかりしたオチンチンが付いているなんてね」

「縮緬の着物はもとから着ていた江戸縮の古いものなんです。その上に綿入れの男の子の半纏（綿入れの袖なしの上着）着ているんです」

「これからは暑そうですね」

人形さんは文句をいわないが、人間が見れば、衣替えはしたいものだ。着せ替えは人形遊びの醍醐味だ。

「有料ですけど、着物を縫ってくれる人がいるから頼むこともできますよ」

「そうなの」

もう一方の三十代くらいの女性は、

「私は上の段のお人形が見たいヮ」といった。

それは、金紗（きんしゃ）を着た尺二（四十五センチくらい）の市松人形（おかっぱ頭の女の子の人形）だ。

その人形を降ろして抱かせてあげる。人形ファンならたまらない、至高の時だろう。その人は、可愛い、可愛いを連発している。

その子は、そう連発しても良いくらい可愛い姿をしているのだ。この人達も人形に一見の目を持っているのかもしれない。

二人のお客さんは、それぞれに腕に人形を抱きながら、その目は他の人形を見ている。

「お人形の値段は、袂（たもと）の裏についていますから」

「わぁ、いい子だと思ったら高いヮ」

市松人形を抱いているお客さんが奇異な声を上げた。

「その子は高くないですよォ。花柄の金紗の着物を重ねて（二重に）着てるんですよ、しかも作家物なんですから」

私はお人形を抱きとって、炬燵の上にそっと乗せた。

「裸にしちゃうけど許してね、お人形ちゃん」と私は帯をほどきかけて、相手の顔を見上げた。

「少しかわいそうだけど、仕方がないわね」と三十代の女性が笑った。

お人形を長襦袢姿にした。紐をほどいて着物を全部脱がした。お腹のまわりには和紙が巻いてあって、麗々しく「国光」と銘と朱印が入っていた。

「国光ってあんまり聞かない名だけど……」

「でも、こんな立派に名前があるのも珍しいわよ」

私はニヤニヤして、お人形のお腹を押してみせた。ブーブーと、お腹の中の紙のふいごが鳴る。

「あっお腹が鳴った、私もやらせて」

三十代の女性は両手の人差し指で、そっとお人形のお腹を押した。

「あれ鳴らないわ」

「もう少し強く押し付けないと鳴らないわよ」

「えー、ちょっと恐いな、やってもいいの？」

「もちろん、私が押して鳴ったじゃないの大丈夫よ」

お客さんは恐々と、それでも先よりもっと強く押した。

「ブーブー」

「わぁ鳴った可愛いわね」お客さんはもう一度お腹を鳴らすと、人形をテーブルに置いた。

おなかのふいごは壊れて鳴らないものが多い。

「このお人形いくらまでまけてくれるんですか」

「えーと確か、袂には二十八万て値段が付いているけれど、二十六万っていったら、もっとまけろっていうわよね」

「よくわかっていらっしゃる」

「本当に買ってくれるならね、可愛がってくれそうな方だし、お待たせしちゃったしね。えーもうこれ以上は無理という値段で二十二万円でどうかしら」

しばし沈黙が訪れた後、お客さんは、

「もう少しっていったら怒るわよね」

と茶目っ気を出していった。

「これ以上はとっても無理」と私も少しきつくいった。

お客さんは暫く考えていたけれど、

「いいわ、そんなにまけてくれるんなら、この子頂くわ」

「わぁ、ありがとう、嬉しいけれど、寂しくなるわね」

私は人形に着物を着付け始めた。そして、着付け終わると、風呂敷を何枚か持って来て、お客さんに選ばせた。

そうして厚手のコットンを顔に当てて、風呂敷とプチプチシートで丁寧に包んだ。それから大きめの紙袋に入れた。

「売れるのは嬉しいけれど、お嫁に行っちゃうのは寂しいわねぇ」

「時々そういうこと聞くけれど業者さんでも本当なの？」

「そりゃあそうよ。皆さんが帰られたら一人で泣くかも」

「えー、本当？」

「まぁ、お茶を入れてあげるから少し休もうよ」

「私のお人形もまけてくれるの」

と眼鏡をかけた方のお客さんがいう。

「四十万円ちょうどなら、頑張っちゃうけど」

「えー、もう少しがんばってよ」

「お茶飲みながら話そうよ」

「嫌だ、お茶飲む前に決めてしまいたいわ、私のこの子は一体いくらになるのかしら？」

待たされて少し頭に来ているのかもしれない。さてどうしよう。けれど抱き人形は市松人形より原価が高いのだ。

「悪いけれど二割は引けないの、元が高いし、江戸縮の着物も高いのよね」

「じゃあ、着物いらないから裸でいくらになるの？」

なかなか過激な発言だ。けれどこっちの方が計算がひどく面倒だ。

「この子の着物は二万五千円で、着物の値段は一律じゃあないの、値段のタグに書いてあるわ。だからこの子は、着物抜きで三十六万一千二百五十円になるわけね」

私が電卓を何度も叩いて答えを出した。

「一千二百五十円はまけてあげるから、三十六万円、悪いけど、これが精一杯、考えて下さいね」

そういって私はお茶の用意を始めた。

「面倒な計算でしょう、電卓貸してあげるから自分でやってみるといいわ。四十五万円から二万五千円引いて、残りを一割五分引きにしてあるから」

電卓の音が暫く続いた。

「あー何度計算しても同じにならないヮ」

「ちょっと貸してみなよ」

とテーブルを囲んでかしましい。やっと計算が合って、眼鏡のお客さんは暫く考えていたけれど、

「あー駄目だヮ、抱いたら離したくなくなっちゃった。困ったな」

「よーく考えたらいいよ、高いお買い物なんだから。とにかくお茶をどうぞ」

眼鏡のお客さんも漸く炬燵に坐った。そうしてお茶碗を手にすると、

「さあさ、お茶を一口どうぞ」と、子供のママゴトみたいに人形にお茶を飲ませるふりをする。

私は驚き慌てて、

「そんなことしちゃ駄目だわよ、胡粉は濡れると水滴でも跡になっちゃうんだからね」

「それくらい知っているわよ」

と口を膨らませたので、又笑いが起こる。

「お人形可愛いわよねェ」

「可愛いけれど裸にしちゃって大丈夫なの」と私は心配した。

幕末明治期　一つ身着物

「あんまり大丈夫じゃないけれど、家に帰れば何かあるから、とりあえずそれを着せておくから」

「彼女は着物が縫えるから、いいの」と三十代の女性がいう。

「そうなんだ、うちの子にも縫って欲しいヮ」

「そんな無理ですよ、すごく下手くそなんだから」

と、眼鏡の女性がお茶を飲みながら手を振った。振ったその手で、それまで抱いていた人形を下に置いて半纏を脱がすと、着物の帯を解き始めた。

そうして半襦袢まで脱がすと、

「名前付けなくちゃね」と彼女はいった。

「名前付けるのってすごく楽しみよね、あなたはお店でお人形に囲まれていて、お人形さんと何か会話をしたりするの？」

と、市松人形を買ってくれたお客さんが私に聞いた。

「もちろん、時間を忘れちゃうこともあるんだから。それはそうと、風呂敷はどれにするの？」

「えっ風呂敷は付いて来るの、嬉しいわ、そこの赤いのがいいわ」

紅葉の柄の一枚を選んでもらって、先程の市松人形より厚くコットンをあててプチプチシートと風呂敷に包んだ。

「帰りにどこかへぶつけたりしないで下さいね」

「おー恐、気を付けなくちゃいけないわね」

二人はもう一杯ずつお茶を飲むと、お金を払って帰って行った。

お茶碗を片付けながら、静かになってしまったお店に一人いると急に寂しくなってしまった。良いお客さんに買ってもらって、お人形も嬉しいだろう。もちろん私も嬉しい。高いお人形が二体も売れて、良いお客さんがついた。二人はまた人形を見に来たいといっていたから、いつかまたあの二人に会えて、お人形さんの話ができるだろう。これからの楽しみができた。

あの二人はさぞ帰宅時には、お人形さんを抱えて、電車の人ごみに気を使っているだろう。

時計を見ればすでに四時を過ぎている。夕食の買い物に行かねばならない。

それにしても今日はなんと良い日だっただろう。

二体のお人形がもともとあった所が、空白になっている。

「いい子になって、可愛がられるのだよ」

と私は、その空間に語りかけた。

意地を張らずに、抱き人形に着物を付けてあげれば良かったかなと少し思った。

13　ムスメ

私の生業は、寺の大黒なので、それを知っている人達は忙しくて大変ねと、いたわってくれる。

確かに寺は忙しい。定休日というものがなくて、他の人様が休日としている土日祝日のほうがかえって忙しい。つまり年中無休なのだもの。寺は休みがカレンダー上に一日たりともない。

しかし、法務（御法事とか、御葬式）は毎日あるわけはない。ただ玄関がいつも開いているから、お客さん（檀家さんが主）が線香一把下さい、とかいって見えるのは、八百屋さんや肉屋さんと同じである。逆に、これから線香もらいに行くから玄関開けといて下さい、と電話をかけてくるお客さんはまずいない。ただし、御法事や御葬式の打ち合わせなどは必ず寺に来る前に電話をして欲しい。そうしていただけたら本当にありがたい。住職が不在の時もあるのだもの。

ある日、そんな電話もないし、天気も良いし、私は古着屋さんのバーゲンに行くことにした。お供は珍しいことに実家の母である。母が古着を見たいと随分前からいっていたので、一緒に行くことに決めたのだった。

ＪＲの電車に七つぐらい乗って、駅から歩いて五分くらいの、寺からもそんなに遠くない所にお店はあった。

古着屋のある駅前で待ち合わせをしたのだけれど、十分ばかり私が遅刻したので母の機嫌は良くない。〝こりゃあ参ったね〟と心の中で思って精一杯の笑顔を見せながら、母の所へあえて小走りに駆けて行く。

「なによ、遅刻して」

「ごめん、ごめん、出かけようとしたら、お客さんが来たの」

「いつも何かあると、お客が来たってごまかして、そんなに忙しいの？」

「ハイハイ、私が悪うございました。さあ行こう」

今日は実際にお線香を求めに来たお客さんがいて少々立ち話しをしたから電車を一本乗り遅れたのは確かだ。それを言い訳にできないくらい、毎度、『お客さんが来て』を母との言い訳に使っているからしようがない。

「気に入った着物があったら、少しはお金を出してあげるから」と、私が下手に出ると、

「おお、嬉しいな、うんと高い物ねだってあげるからね」と母が歌うようにいう。

「ちょっと待ってよ、全額払うっていうんじゃないからね。ちょっとだけだよ」

七十代に入った母と軽い口ゲンカをしていると、すぐにお店に着く。

「さぁ着いた、着いた。あ、ウィンドウに綺麗な振袖が掛かっているよ」

「あんなのお前が着るのかい、気が変になったとみんな思うわよ」

まだ母の機嫌は良くなってないんだ。

困ったものだ。きっと良い着物があるからと、母の背中を押しながら、

「こんにちは、お店見せて下さいね」

ガラス戸を開けて、少し大きな声で、来店を告げた。

「いらっしゃい、いつもどうも、何でも見て下さいな、今日はお母さんもご一緒なんですね、仲良くていいですね」

三十代くらいの受付の女性にここまでいわれてしまえば、ツンツンしていた母も挨拶をしないわけにはいかない。

「こんにちは、いつも綺麗な御品がたくさんありますね」と母は精一杯の挨拶を始めた。店番のお姉さんとは既に顔見知りだ。お店は開店していくらも経たないのにもはや人でいっぱいだ。

今日から業者専門のバーゲンだと葉書をもらってあるのだ。母もここの会員になっている。それで早く出かけようと母親に早い時間を急かしたのに、その私が遅刻したのだから、母が怒るのも無理はない。

「今日の目玉商品は何ですか?」私は既に臨戦モードだ。

「ちょっと遅刻しちゃって、もうバーゲン品は残ってないですか?」と母がここでも嫌味たらしくいう。

「まだお店開けたばかりだから良い物たくさんありますよ。今日は何を探しにいらしたんですか?」

お姉さんが私と母と両方にいった風に聞こえた時、奥の部屋から両手にいっぱい着物を抱えた四十代ぐらいの女性客が現れて、レジに並んだ。

私達もケンカをしている場合ではない。山のように積み上げられた古着の山に突進して行った。

「あんた何買うのよ」

「大正時代くらいの、錦紗(きんしゃ)の振袖と、子供の着物があればいいけれど」

「子供の着物はどこにあるんですか?」

母が、レジで着物を畳んでいる店員のお姉さんに聞いた。

「奥の部屋にありますよ」「そう、ありがとう」

奥の部屋に行きながら、

「すごい勇気だね、お客さんがレジにいるっていうのに」と私が聞くと、

「何いってるのよ、着物畳んでいるだけじゃないの、レジ打ちが始まってたら聞かないわよ」

とさすが年の功だ。

子供の着物は、奥の部屋の一番奥に、竹の行李に無造作に積んであった。母は、私が骨董を始めて人形を扱うようになると、人形の着物を縫うようになった。せっかく作るのだからと、今では母は縮緬や上等の錦紗で作るようになった。最初は私のコレクションから気に入った着物を選んでいたが、このお店を知ってからは、母は自分で好きな着物を買うようになった。良いことである。

私はそんな母と共に子供の着物を少しだけ見ると、母をそこに残して今度は先客が荒した大人の着物の山へ行った。

このお店は、道に沿ってウィンドウと扉がある他は窓がなく奥に長く部屋が続いている。日光を遮るのれんが、奥の部屋を塞いでいる。

それでもバーゲンだから、入口に続く壁という壁いっぱいに着物がさげられている。

奥の部屋をあらかた見た私は、玄関脇のダンボールを勝手に開けだした。そしてその着物に付いている値段に驚いた。レジ打ちのお姉さんが手を止めるのを待ってやっと声をかけた。

「このダンボール箱見ていいかしら」

お姉さんは、ちらりとダンボールを見ると

「お好きにどうぞ」といって、又、レジ打ちを始めた。他のお客さんがレジを取り巻くようになった。

私はワクワクして、ダンボールをウィンドウの端に乗せて中の品物をあらためだした。

そこには錦紗(きんしゃ)の着物が十五枚入っていた。それがどれも手刺繍の、ほとんど未使用に思える状態の美しいものだ。そうして一番の驚きはその値段である。高いほうで七割引き、安いものでなんと九割引きと、前に付いていた値段のシールの紙にマジックインキで大きく書いてあるのだ。何かの催事にでも出した後なのだろうか、九割引きなんてありえないことだ。樺色の(茶色に近い、樺の木色)振袖などは、もとは二十万円とあるのがなんと九割引きになっている。高い値段の品物のほうが割引率が高くなっている。訳がわからないが、このダンボールは大当たりだ。

私が暗算で総額を計算していると、この古着屋の六十代くらいの店主が奥からのっそり現れた。

「今回はお世話になります」と一応挨拶をする。

「これムスメ、そのダンボールに気が付いたか。なかなかいい品物だろう、お前さんの所なら、そういう品は売れるだろう」とニヤニヤしながらいった。

「はい、割引率の凄さに驚きました」

私がこう答えたら、レジに並んでいたお客さん達が一斉にこちらを見る。

「ホレ、ムスメ、これだって売れるだろう」

といって水色地に小さなこけしがいっぱいプリントされた縮緬の長儒袢をどこからか引っぱり出して来て、

「ムスメ、これなんかどうだ、二千円でいいぞ」

せっかくのお勧めだ。断われるはずがない。

「ハイ頂きます」

レジを打っているお姉さんに、

「ホレ、ムスメに、これ二千円でつけてやれ」

「ありがとうございます」と私はいった。

店主は何が気に入ったのか、いつも私のことを「ムスメ」と呼ぶ。最初にこのお店に母と出かけたからか、どこでも「ムスメ」と呼ぶ。

時に他の市場で出会っても、他の人達が私のことを「オジョウ」と呼ぶのに、平気で「ムスメ」と呼ぶ。ありがたいことに、他に「ムスメ」と呼ばれる女性がいないのが幸いしてか、私には、「オジョウ」と「ムスメ」の二つの名が付いてまわる。それでいて不便はない。なにしろ「ムスメ」と呼ぶのは、ここの店主だけだからだ。

しかし、今回は、女性が多いバーゲンだ。なんだか「ムスメ、ムスメ」と他のお客さんの前で私を特別に贔屓にしているように思われていそうだ。その後も、「ムスメ」を連発して私が気に入りそうな品物をまわしてくれる。

私もなんとなくこそばゆくなって荷物をまとめると、奥の部屋にいる母の所へ行ってみた。母も割引率の高い着物を、両腕に抱えていた。

「そんなに買って、お金大丈夫なの？」

「大丈夫、全部八割引きだから。全部で十万円もしないの。これなんか、お人形にぴったりでしょ。あんたはどうしたの」

「最高で九割引きを見つけたの、遅刻したのも、何のそのよ」

「それはビックリだね、いい物が手に入ったじゃないの、そろそろレジが空いたら会計して帰ろうよ」

「そうね、お昼、御馳走するよ」

母の機嫌は良くなっていた。

着物関係のレジは待ち時間がとてもかかる。なにしろ一枚一枚着物を畳まなければならないから。

しかしこれにはコツがあって、全体をまず広げてみてから畳み始めるのだが、そうしてシミや、やけ（色が脱けてしまっている所）や布の傷みを見ながら、さすがプロと思える手早さで畳み終える。

私達もレジの列に並んで会計を待つ。着物は大荷物になってしまうので、自宅まで宅急便で送ってもらう。

着物を畳みながら、店主が思い出したように、「おいムスメ、ウィンドウの振袖どうする、お前に向いている手じゃないか。気に入ったら半額にしてやるぞ」

急いでウィンドウに行って値札を見る。そこには綺麗な手刺繍の振袖がたった三万円の値段が書いてあった。

「半額ならもらうよ、今取るわ」

衣桁から急いで着物をはずして、レジに並ぶ。また、まわりの白い目が気になるが、これだってお商売の一角だ。今度来るときは何かお菓子でも持ってきてあげようと思う。是非そうしよう。だってムスメなんだから。

着物を畳み終えて代金を払う。店主に挨拶をしてから店を出る。少々の疲労感と多大な満足感が体中を巡る。

帰路はいつも寄る日本料理店に入る。店の門構えは豪華だけれど、お昼のランチはいたって手軽で、目にも舌にも楽しい。

久方ぶりに母親と買い物ができたし、美味しい物も食べられた。明日になって荷物が届くのが楽しみだ。母親もきっと可愛い人形の着物を縫ってくれることだろう。

私はこの古着店では「ムスメ」と呼ばれているんだよ。私はここでなんと九割引きの素敵な着物を手に入れることができたのだ。遅刻したのに、そんな当たりを見つけるなんて、なんていい日なのだろう。私達母子二人は満足して帰路に着いた。

14　骨董屋になるには

辰っちゃんは、三十代のフリーターである。

ある神社の露天の市で知り合った。当時辰っちゃんは風呂敷一つに荷を入れて境内の誰も居ない神社の石段の途中で、古着物を十枚くらい広げていた。

私はどれでも皆んな五百円、との手書きのボードに惹かれて足を止めた。

石段に座った辰っちゃんは（その時は名前も知らなかったんだ）立ち止まった私を眩しそうに見上げた。

「ちょっと見せてね」

三十をちょっと過ぎたくらいに見える青年はそれに対して何も答えない。

そのままいってしまおうかと思ったけれど、三枚目に重なっていたピンク色の着物が気になって、私も黙って石段にしゃがんで、

「これ見せてもらうわね」

とゆるやかに言葉をむけた。

その青年は、こくりと頷いたように見えた。

私は十枚程の着物を全部見て、やはり最初に目に付いた一枚を手に取って、もう一度広げて見た。しみも穴もない、しかも戦前の銘仙（めいせん）の綺麗な模様の着物だ。他の並べられた着物の何倍も良い。五百円ならお買い得だ。

「お兄さん、私にこの着物ちょうだい」

といってくるくるっと着物を軽くたたんで、差し出した。

「えっ買ってくれるの、嬉しいなぁ、五百円です」

そういって、誰もが知っているコンビニのビニール袋に、くしゃくしゃに丸めて着物を入れようとするので、

「ちょっと、ちょっと待ってよ。そんなことしたら着物がシワクチャになっちゃうよ」

私は、青年の手から着物を取り上げて、たたみ始めた。

「あなたまさか、着物のたたみ方も知らないんじゃないでしょうね」

青年は頬を染めて、頭に手をやった。仕方ないわねぇ、と、私は風呂敷の上で、はたはたとたたみかけた着物をまた広げると、裾から合わせて着物をたたんでみせた。

「君は、お店を出すの初めてでしょう。親方はどこに居るの?」

彼は顎を振り上げて見せた。そこには広く雑多なものを大きく広げた露天商が居た。

「まぁ、とっちゃんの所の人なんだ」

とっちゃんとは六十歳過ぎの声の大きな面白い人だ。何人も売り子を抱えている。

私は階段を上がって、荷を出している初老の男性の前にしゃがみこんだ。

「おはよう、とっちゃん、あそこの石段に店出しているお兄さんからこれ買ったの」と、コンビニの袋の口を、とっちゃんの前で広げて見せた。

「そりゃあ、ありがとうよ、あいつにとっては人生最初のお客さんだ。嬉しいだろう」

「へぇ、私が最初のお客さんなんて光栄だわ。もう少し荷に巾ができたら（種類が増えたら）、これからご贔屓にしてあげたいわ。でも古着扱ってて、着物のたたみ方も知らないなんて驚いちゃったわよ」

「そうかい。今日が初日の素人だからね、悪かったね」

「でも勇気がある子だね」

「辰っていうんだ、可愛がってやってくれよ」

「辰っちゃんか。弟みたいな若さだもんね。私もあんなふうに物を知らない頃があったんだよね」

辰っちゃんは、着物を広げてたたみ方を練習していた。可愛いが、もう既にたたみ方を間違えてるよ。よいしょと私は立ち上がってとっちゃんに挨拶をすると、また辰っちゃんの所へ、着物のたたみ方を教えに戻った。

骨董屋は、前科さえなければ誰でもなれる。ただし、東京の場合は警視庁発行の許可証が必要だ。もちろん私も今許可証を持っている。今回は、許可証の話をしようと思う。まず第一歩は、許可証を警視庁に申請しなくてはならない。とにかく人間、骨董屋になりたいと思うことが必要だ。思い立ったら、今では警視庁の古物営業のホームページを見るのが一番である。

二十年前、ホームページなどなかった時、何も知らなくて警察署を訪れたら、横柄な婦警が出て来て、全く話が合わなくて、同行してくれた普段大人しい夫が文句をいった。

「その態度は何なんですか。いくら物を知らない私たちだといっても、訪ねて来た人間に対してあんまりじゃないですか、教える気がないんですか」

婦警は、組んでいた足を組みかえて、夫を睨んだ。

「これじゃあ話にならない、もっと上の人を呼んで下さい」

とまで夫はいった。

下調べをきちんとして来なかった私達も悪いけれど、申し込みに際して一切説明をしないという警察の態度もあんまりではないかと腹立たしかった。

夫の一声で、やっと説明書を持って来た。

私達夫婦は甘かったのだ。警察へ行けば全てが済むと思っていた。もちろん一回で済むとはさすがに思わなかったけれど、骨董仲間に聞いた許可証取得法の話だけでは処せなかったのだ。

今では笑い話になってしまうけれど、身分証明書がいると聞いていたので、顔写真付きがいいと思って、私はパスポートを持参した。ところが婦警はせせら笑って、パスポートを見もしないで横に置いた。

パスポート以上の身分証明書がこの世にあるのだろうか。区役所で発行してもらった住民票も手にある。

私達が説明書を読んでいるうちに婦警は黙って席を外した。その間に、見るからにその方面の方々に見えるお兄さんやおやじさんが、戸を開けたままの私達の居る小部屋の隣の机にやって来ては、同じように横柄な警官に何か書類を出しては、判子を付いたり書き込みをしたりしている。夫がいうには、パチンコ屋が何か届け出の書類を出しているらしい。

そんな最中にもパーティションの間から手錠に腰紐姿の犯罪者が引かれて行くのが見えたりして、ドキドキしてしまう。やはりここは天下の警察署なのだ。

とても細かい文字を読んでいると、今度は若い巡査が、

「お待たせしました」と来た。

この人は前の婦警より親切で、私が分からなかった内容の、必要最小限の事項を説明してくれた。その場所で「古物商許可申請書」二枚に、住所・氏名・電話番号を記入した。それで次の約束をして帰宅した。次回も今回と同じようにちゃんと電話をしてから来るようにと念を押されて警察署を後にした。

私は少し呆れていた。最初に婦警に、

「あんた〝行商〟行くの?」と聞かれて答えられなかった。

私の頭の中の〝行商〟は風呂敷に荷を背負って、各家をまわる姿しか思いつかなかったから。

それしか思いつかなかったからそう答えると、その婦警は椅子にのけ反ってから、うすい緑色の「古物営業ガイドブック」を取り出して、見るように、と私の前に置いた。

やっと〝行商〟のページを見つけて読んだけれど、一度では理解できない。数回読み込んでやっと行商の意味がわかった。つまり、自宅などの営業所以外で骨董の商売をすることを〝行商〟というのだ。

与えられた「古物営業ガイドブック」をペラペラ読んでいると、婦警にいきなり取り上げられた。

「あれェ、まだ全部読み終わってないですよ」

「この本は、許可が下りてから渡す物だから」

「そうなんですか、〝行商〟のページなんか早くに見たかったわぁ」

〝行商〟でこんなに迷うのだから、身分証はどんなに難儀に書かれているのだろうと、少々おぞ毛を震った。

そして申請書の〝行商する〟に大きな丸を付けて、書類をまとめて若い巡査に礼をいって、席を立った。

「参った参った。お前が聞いた話っていったい何年前の話なんだよ」

「ごめんごめん、十年か二十年前の話だわサ。きっと」

「でも、必要な物を一覧にしといてくれないのかねえ。私、頭が悪いんじゃないかと思っちゃったわよ」

少し遅くなるけれど、出たついでにもう一度区役所によって、「身分証明書」を手に入れた。この身分証明書には写真はいらない。住所氏名と生年月日だけ記入して待っていると、区長の名前で、
一、禁治産又は準禁治産の宣告の通知を受けていない。
一、後見の登記の通知を受けていない。
一、破産宣告又は破産手続開始決定の通知を受けていない。
この三文が重々しく書いてある。

これが、警察で必要な「身分証明書」であったのだ。

普段は縁のない書類だからわからなかったのも無理はないと思うことにしよう、と車の中で「身分証明書」を片手に溜息をついた。そして先程の婦警が、私がパスポートを出した時にせせら笑いしたのも意味がわかって、ちょっと恥ずかしく思った。

私が待っている間に、スッと来て判子押してすぐ席を立って行く、主人曰くのパチンコ屋さんらしい人々はもう慣れていて、判子一つ、サイン一つで用が済むようになっていたのだ。

これも一つの教訓である。忙しいのであろう警察官の方々に迷惑をかけたのは申し訳なかっ

た。しかし、あんなけんもほろろに対応しなくたっていいじゃないか。

自宅に帰って、もう一度説明書を読む。

「うわぁ大変だ、又わからない書類が出て来た」

「今度は何が出たんだ」

「あのね、〝登記されていないことの証明書〟」

「なんだそりゃ」

「しかも、九段（東京都千代田区九段）の法務局に取りに行かなけりゃならないんだって」

「おれは行かないぞ、言い出しっぺはお前だからな」

九段と聞いて素気ない夫の言葉である。

それから一週間くらいして、仕方なく独りで法務局へ行って来た。

書類に、氏名、生年月日、住所、本籍を記入しておしまい。〝上記の者について、後見登記等ファイルに、成年被後見人、被保険人、被補助人、任意後見契約の本人とする記録がないことを証明〟してもらった。

それから、書類が有効なうちにと、明日すぐにも警察署に行くことにして、もう一度書類の確認をしてみた。

警察署の証明書は無料ではなくて、一通で一万九千円という何とも中途半端な費用がかかるのだ。しかも一度支払うと何があっても返金がない。とにかく、何遍も内容を確認して、本尊さんを拝んで、また警察署に行く。これも自宅のある地元の警察署でなければ受け付けてはくれない。

ちゃんと電話をして、アポをとって出かけた。少し待たされたけれど、前回のわりと親切な方のおまわりさんが出て来て、持って来た書類をそれでも、ざっと見て受け付けてくれた。

発行まで一ヵ月から四十日かかるといわれたが、三週間程して許可証が出来上がったと連絡があったので、その場で日時を決めてもらって来た。

東京都公安委員会の大きな角印が押されて、住所、氏名と生年月日が手書きで、あまり上手いとはいえないがこまめな字で書いてあった。あと「行商」の欄があって、〝する〟という方に丸が付けてあった。

これで後は、十六センチ×八センチのプラスチックで「古物商」と書いたプレートを作って、お店(出店)の見える所に貼っておかなければならない。

そうして準備万端して待っていると、許可証が下りて一ヵ月くらい経って、警察関係者が様子を見に来ることがあるらしい。本当にお店があるか見に来るそうだ。

こうして約一ヵ月で、私は無事に骨董屋になれた。めでたいことこの上ない。

パスポートの身分証明証事件は笑えたが、立派な新しい身分証明証が手に入った。

年に何度か講習会があるそうだけれど、忙しければ出なくてもいいらしい。その日には仕事が入っている時もあるだろうからとの優しさだ。一度は参加してみようと思った。どんな話が聞けるか今から楽しみだ。

あと二枚書類があったのを忘れていた。一枚は略歴書で、今の職業を記入するだけで、寺の名前に、以後変更なし、現在に至るとだけ書けばＯＫ。もう一枚は、誓約書である。

古物商は、時に盗品を本人が望まなくても手にすることがある。そのために警察はいつも古物商に目を光らせている。怪しい品物が偶然手に入ったら警察に届けなければならない。

そのために、古物商になろうという人にまず誓約させるのだ。

詳しく知りたい人は、古物営業法第十三条第二項各号を読んでみればより理解できるだろう。骨董屋は気楽で呑気な商売だと思えるだろうけれど、結構責任があるのだ。こんなに苦労して手にした許可証だ、大切に失くさない様にと思う。

私はとっちゃんから、辰っちゃんがこの古物商の許可証を取る手伝いをして欲しいといわれた。辰っちゃんは、偶然にも私と同じ区に住んでいるのだ。今度は辰っちゃんを連れて行っても笑われない自信がある。

15　骨董屋になってからする事

私の名は「オジョウ」、和物専門の骨董屋をやっている。しかし本業は寺の大黒だ。境内にある店の他に、年に五回ぐらい催事に出ている。

二十年もやっているけれど、私自身今だに半人前のぺーぺーでしかないと思っている。

その私に、弟子入りしたいという御仁が現れたから、さあ大変、ドタバタ話の始まりである。

茂ちゃんは三十代後半、親が熱烈な野球の巨人軍贔屓だったからついた名だそうだ。

骨董商の仲間うちでは名前をちゃんづけで呼ぶことが多い。その中でも、抜きん出て大御所は屋号で呼ばれる。私は今だに二十年間もずっと「オジョウ」だし、これは変わらない。ずっと使っているから、「オジョウ」の名にちゃちゃを入れる人もあまりいない。どこに若いお嬢さんがいるんだい、とわざという人も皆無である。私が出入りしている世界では〝オジョウ〟で十分通じる。

茂ちゃんは、フリーターである。今はコンビニの店員をやっている。

それではなぜ骨董商になろうとしたかというと、〝楽しそう〟だからという。

何かの雑誌に一日骨董商なんて企画が載っていて、世のフリーターの心をくすぐったのだという。

その時、茂ちゃんは上等の骨董ショーでウェイターのバイトをしていたのだ。

茂ちゃんは珍しく日本人形が好きだ。そのショーで五十万円位した人形が売れたのを見て、彼は骨董屋になることを決めたのだそうだ。繰り返していうけれど、五十万円もの人形はめったに売れない。私だってショーで一体も売れない日だってあるんだよ。

それを、目の前にお金が積まれるのを目にすると、ついいい気になってしまうのだ。

茂ちゃんはなぜか私に纏わりついて、骨董商になりたいといい続けてきた。

まさか前科があるわけじゃなし、説明書類はコンピューターに出て来るし、後は身分証明書や法務局の難しい書類等を教えて、最後に一万九千円の費用がかかるといったら飛び上がっていたけれど、許可証一つ取れば堂々と新規にお商売ができるのだ。

「いいこと？　警察は恐いところで、きちんとした書類でないと、受付してはくれるけれど、内容に問題があれば一万九千円は戻ってこないんだから、よく見て届け出を出すんだよ」

と念を押した。

一時期、許可証一つあればフリーマーケットに出られるとの話が飛び交って、古物商の免許を取るフリーターが増えたと聞く。そういう人が増えて、警察はガードを堅くしたのかもしれない。

しかし、茂ちゃんの許可証は、何の問題もなく、一ヵ月ちょっとで手元に届いた。

茂ちゃんは、次回のショーに出たいといったが、コマ（品物を置いてお商売が出来る所）が既に一杯だとかで、

「人生最初の市に出られない」

と喚くので、私の机を一つ貸してあげることにした。又貸しになるけれど、本部の人に聞かれてもアルバイトだといえばいい。前日の搬入日に茂ちゃんの姿は見えなかった。

当日の朝、業者はバッチを首から下げて、開業の始まる二時間前には会場に入れる。品物の上にかけた風呂敷を外したり、並べた品物の確認をしたりする。遠目で見て、品物がどこにあるかを見て覚え、万引き防止をするのだ。

茂ちゃんは来ない。そのうちに受付からうちの屋号を呼ばれたので、そちらに行ってみればなんてことはない、茂ちゃんがバッチを忘れて入場できないでいたのだ。まったくいい年こいて迷子ではないか、恥かしい。茂ちゃんには何回も頭を下げさせてから、私達のブースに連れて来る。

「さぁ時間はないよ、今回特別ここを空けておいたから、早く荷を並べなさいよ、すぐ開場よ」

私は一緒にやっている中年男のイッシィにお釣銭用の千円札の束を渡した。ついでに茂ちゃ

んが迷子になった話もした。

その間五分位、彼のテーブルの上は空である。

「おいこら、茂ちゃん、なんで荷物並べないの、もうすぐ開場だよ」

茂ちゃんは、ぽかんとして立ったままだ。

「荷物って何を並べればいいんですか」

「それはもちろん、あんたが持って来た荷でしょうが」

「えー、おれ、荷物なんて何も持ってこなかったすよ。姉貴が何もいわなかったから」

「うー、このバカタレが、せっかく古物商になれた初日に売る物を持って来ないバカがどこに居る」

「そんなこといったって、売る物なんてろくにないし、そんなに怒らなくたっていいでしょ姉貴」

「お前、一体、今いくらお金持ってるの」

「ええ七千円ちょっとです」

「それじゃあ、この私達のブースの中で、どれでも三割引きにしてあげるから七千円分買いなさい。いい事、例えばこの一個千円の蕎麦猪口売り値は千円で、百円だけおまけにして、二百円が儲けだからね」

それからが大変だった。一つ千円という古伊万里の箱の中から蕎麦猪口をざっと選んで、帯の切れ端を敷いたテーブルの上に並べてみると、なんとなくカゴに雑然と入っているよりもしゃれて見える。やはり馬子にも衣装だ。

そんなこんなで開場時間になって、お客さんがどっと入ってくる。

自分の商売をしながらも、チラチラ茂ちゃんの動きが気になって見てしまう。

時折茂ちゃんは、自分のテリトリーでないお皿などのことを聞かれると、私達に質問を振って来る。それでもそのうち段々慣れて来る。フリーターだけどコンビニで働いているんだから、慣れれば自然と体が動いて行くみたいだった。

そうしてついに時は来た。

赤い顔をした茂ちゃんが、片手で蕎麦猪口を持って、

「このお客さんが、これ買って下さるって」と、もう一方の手には千円札を握っている。女性客である。

蕎麦猪口をプチプチシートに包んであげて、手渡しながら、

「骨董屋になって、あなたが彼にとって初めてのお客さんなんですよ、ありがとうございます。これ気持ちです」

といって百円玉を添えて渡した。

「まぁありがとう、また来るわね」

手を振りながら茂ちゃんは、良いお客さんで良かったといって感慨深く見送っている。

「ほら、もう一つか二つ補給してきなさいよ。いくら売れたって、まだ収益は二百円なんだからね。商売商売、お昼代をまずは目指そう」

常連さんが来てびっくりする。

「あっ、これ弟子。見ての通り、引っ付いて離れないんだよ。何か買ってやって頂戴」

「弟子って、何かの間違いじゃないの、逆にすると合う感じ」

「え、そんなこといいっこなし、一点売れたからって気が大きくなってるだけですよ」

「ほう、そんなもんかな、その弟子君の荷物はどれなんだい」

「こちらです」

「どれがおすすめかな」

「ええ、そんなこといわれると困るなあ。この細かい文様がおすすめかと……」

「何て柄だい？」

茂ちゃんは、困って、私に助け舟を求めてきた。

「こらダメダメ、親方が教えるのはズルだよ」

「うう、赦して下さい、勉強不足でわかりません」

「よし、なかなかの、詫び方だ。これは花唐草文というんだよ……」

と、並んだ猪口の名称を一つひとつ解説している。なあんだ、お客さんは自分の知識をひけらかしたいだけじゃないか。

話し始めること三十分、それでも猪口を一つお買い上げになったから、礼はわきまえている人だ。

「わぁ、親分、お客さんていつもあんなんですかぁ」

「買ってくれただけありがたいと思わなくちゃ。それにタダで知識を教えてくれるんだものありがたいとおもわなけりゃね」

「一回聞けば十分ですよう。これから毎回同じことを聞かされるかと思うとぞっとします」

「それなら自分で覚えればいいのよ。知らなくて、これは何って聞いて来る人も居るのよ。そんな時、答えられなかったら恥かしいじゃない。何を専門にするかよく決めて勉強しなけりゃ骨董屋になったっていえないじゃないの、わかったの?」

「日本人形、綺麗だなとおもったけれど、高いし難しそうだから、この蕎麦猪口にします」

「そうすると瀬戸物全般になるわよ。イッシィが暇そうにしている時があったら、教わるといいわ。イッシィもなかなか語る人だからね」

「語るって何をです?」

「決まってるじゃないの、骨董の吟味のことよ。それも伊万里全般だから、話し始めたらすごいよ」

私はそういって少し茂ちゃんを驚かせて、子供の着物を見ているお客さんの所へいった。

子供の着物は本当に愛らしい。肩上げ（未成年の子供の肩を縫い縮めること）や、背守りが可愛い。子供の着物は小さなうちは一つ身で（着物の巾一枚で作られている）、背中は悪い目に狙われないようにお守り代わりの折り鶴や花などが五色の糸などで縫い付けてあるのだ。時には付け紐にも縫取りが付けてある。いかに子供を大切にしたか、またその着物を着させてもらった子供がどんなに嬉しかったか、見るだけでわかる。

そんな子供の錦紗（薄手の絹の縮緬）で、発色がいいのでピンクやブルー地に愛らしい花やおもちゃ尽くしなどの、柄からして可愛い着物が、今コレクションとして八十枚位、自宅の誰かの屋号入りの行李に入っている。

同時代の大人の着物と一緒に展示会でもしたら一日で売り切れてしまうだろう。

これは、錦紗の子供の着物があまり人気がない私が若い頃に、一枚、二枚と探し廻って百五十枚位集めたものの一部だ。柄の細かいものはお人形さんの着物に縫い直して着せている。

昔、一枚五百円だったものが、今では八千円～一万円を超えている。いい時に買ったものだ。お人形の着物を作ってくれる旭さん（七十代）と知り合ったのが大きい。

真っ黒に煤けていたお顔を磨いて、髪（良い人形はほとんどが人毛）をとかしてやって、新しいべべさん着せたらもう十倍も光って見える。これには私の内緒の秘法も入っている。

茂ちゃんは、人形は止めて、伊万里物を始めると意気込んでいる。

そこへ先程買った女性客からクレームが来る。売った猪口に手に取って一見しただけではわからないニュー（ひびのこと）が入っていたのだ。

買ったお客さんは、不良品を売りつけられたと怒っている。

そりゃあ喫茶室で本日の戦利品を眺めていたら、傷があったらガックリくるよね。

気の強いお客さんで、倍返ししろという。たかだか一点千円の安物だけど、売った側にも責任と意地がある。品物は瑶珞紋（ようらく）の蕎麦猪口だ。傷があっても千円ならお買得だと私はお腹の中で思った。手のひらに乗せてくるっと回して見る。ありましたニューが、と同時に〝ニュー有り〟のシールも付いたままだ。

「お客さん、申し訳ありませんでした。こいつ新米なんで許してやってくれませんか」

お客さんはブルドックみたいに口泡飛ばして唸っている。

「あの、ここに〝ニュー有り〟のシールがついているんです、お気付きになられませんでしたか」

お客さんの顔色が赤から青に変わった。

「そういうことはもっと早くに教えて欲しかったワ」

と猪口をひったくると、どこかへ消えて行った。

私は茂ちゃんに、お商売の難しさをとことん話した。今だってうまく〝ニュー有り〟のシールが残っていたからいいものの、お客さんに競る気があったら、どうなっていただろう。完品なら一万円以上するのだ。千円で瑶珞紋の完品手に入れられたら、それは凄い目利きだけれど、私たちだって商売人だ。そんなにうまい話は転がってはいない。

だけど茂ちゃんには何といおうか。免許を取っただけでは、私よりまだまだヒヨっ子だということ。こんなことの何十倍も嫌なこと、困ったことが起きるのを覚悟しなくてはならない。私だって、女だからとよく意地悪をされたものだ。

まず茂ちゃんがなすべきことは、荷を手に入れることだ。骨董屋は物を売る商売だ。私は茂ちゃんに、市場へ行くことを勧めた。

市場は露天の市と違って、屋根のある倉庫みたいな所で、専門家に向けて日にちを決めて行われている。許可証があれば入れる。しかし、いきなり新人が入って行って、品物が手に入る訳がない。先輩に連れて行ってもらって、後ろの方で見ていることしかできない。下見の時間があるから、そこで例えば、私と一緒ならば、私に欲しい物を事前に教えてくれれば、私がそれをセリに参加して落す。相場のわからない茂ちゃんに代わって、私が値踏みするのだ。

これにはいま一つ問題がある。それは、茂ちゃんに元手がないことだ。ようは仕入れのお金があまりないのだ。

何事も先立つものがいるもんだ。それがわからない茂ちゃんでもないだろうに、その暢気さには呆れてしまう。良い年こいて（茂ちゃんは、三十六、七歳なのだ）人生の先きをどうして見られないいんだろう。

茂ちゃんも少し考えたようだ。

「お金貯まってからもう一度、挑戦します、色々教えてくれてありがとう」

蕎麦猪口　左より　瓔珞文（初期伊万里）、南蛮人（珍品、高価）、あさがお（中期）、白磁（中期）、あざみ（中期）

茂ちゃんは、またコンビニでバイトをして、お金を貯めるらしい。お金が貯まったら、色々と教えてあげるから、またおいでね。

16　生ぶ出し屋　その二

ある時、市場で知人の骨董商が誰かと内緒話をしている。何か楽しそうだ。これは割り込んででも、話を聞かねばならないだろうと考えた。

「ねぇ、ともちゃん（六十代）何の話、私もまぜてよォ」

「困ったな、オジョウに聞かせるわけにはいかないよ」

「なぜよ、長い付き合いじゃない、何ヒソヒソやっているの、私もいれてよ」

まったくしょうがないといいながらも、彼は相手を紹介してくれた。

「生ぶ出し屋の山ちゃんだよ」

ともちゃんと同じくらいの年格好だ。

「わぁ生ぶ出し屋さん、こんにちは。通り名はオジョウです。今後とも宜しくお願いします」

「おいおい、今後ともお願いします、と来たもんだ。伊万里ものが強い人だから、可愛がってもらうんだな」

相手は口の中でもそもそいっておしまい。付き合ってみてわかったけれど、とても寡黙な人なのだ。先に会った、山形のさくらんぼ農家の人もそうだったし、生ぶ出し屋ってこんなにも無口なんだろうか。それでいて皆が欲しがる品物を出して来る（個人の家へ行って買い出して来る）のだから、不思議だと私はじっと見つめた。

まこっちゃんと二人の話が終わるのを傍に立って待っていた私は、終わったと見るや、電話番号と住所をしつこく聞く。今みたいに携帯が進んでいない時だったから、住所は紙に書いてもらう。埼玉県の山の中だ。まったく土地勘がない。橋のふもとに家があるという。行ってみたいが一人では無理だと思えた。

二人と別れた後、すぐイッシィ（五十代男性）に会う。

「ねぇ、無口な人だったけど凄いやり手の生ぶ出し屋さんなんだってよ」

「それでどうしたいんだよ」

「今度一緒に行ってみようよ、連れて行ってよ」

「車で何時間かかると思っているんだよ」

「たぶん三時間くらいはかかると思うけど」

「それだけかけて、何も出なかったらどうするのさ」

「行ってみたらお宝の山ってことがあるじゃない。お願い。一度だけ連れて行って」

と私は両手を合わせて頭を下げた。イッシィもとうとう折れて、今度予定を合わせて行ってみることになった。

相手の名前は、山下だか、山本だか知らないが、〝山ちゃん〟と呼ばれている。電話はなかなか繋がらない。ここで負けたらイッシィに笑われてしまう。私は意地を通して、やっと山ちゃんをつかまえると、仕入れから帰る日を教えてもらって、その次の日、伺うからと約束した。

イッシィの方は、我家から車で一時間くらいの所に住んでいる。車でお寺まで来ているのだ。したがって、そこから又三時間車を運転するのは、ちょっと近所までおつかい、なんて気楽さではない。旅だ、とイッシィがいう通り、確かにちょっとした旅行である。しかも目的地は曖昧で、橋のたもととしかわからない。今みたいに、車にナビは付いていない時代の話である。今思っても、よくぞあの時行ったものだと私は思うのだ。

当日、水筒とおにぎりを持って練馬から乗って、関越道の本庄児玉インターで降りる。後は地図と首っ引きで山の中へ入って行く。荒川の支流のどこかの橋のたもとを目指す。そこに生ぶ出し屋は居るのだという。

山の中なので店どころか人も歩いていない。この道で合っているのだろうか。やっと川沿いに一軒の蕎麦屋を見つけた。私は車を降りて地図を片手に店に入った。ごめんくださいと声をかけると、のれんの奥から店の主人らしき人が、

「すみませんねェ、まだ開店前なんですよ」と手を拭きながら出て来た。

私は、申し訳なさそうに、

「あのお忙しい所すみませんが、この道路この地図で合っているのか教えて頂きたいのですけれど」

亭主は、嫌そうなそぶりも見せずに、地図を手に取り、しばらく見つめていたけれど、この道で合っている、といった。どこへ行きたいのかと聞くので、私が生ぶ出し屋の所へ行きたいのだというと、亭主は声を立てて笑いながら、あんなつぶれ屋に何の用があると、反対に聞いてきた。

「あのおうちは、骨董をやっているのです。私達は骨董品を分けてもらいにやって来たのです」

「随分と物好きな方ですねェ。あのゴミ屋敷に、そんな凄いお宝があるなんて聞いたことがありませんな」

「私達も、今回初めて行くんですけれど、そんなにゴミ屋敷なんですか？」

「行ってみればわかりますよ。とにかくここから一本道ですから、横道に逸れさえしなければ、あと二、三十分くらいで着きますよ」

「ご丁寧にありがとうございました」

「帰りにおなか空いていたら、お蕎麦食べに来て下さいね」

私は礼をいって店を後にした。

「どう、道間違ってなかった？」

「あと二、三十分くらいだって。横道に逸れなければっていってたけど、間違えそうな道あるのかなぁ？」

私が手元の地図を見ると、山に向かって細い道がある。どうも農道らしくどうやら見間違いはしなさそうだ。

それから三十分、右側は山肌、左側は川が流れている道を行く。

やがて、まさしくこれぞという建物が見えて来た。橋の横に、昔は旅館だったのだろうか、わりと大きな一軒屋があった。道の反対側は小さな集落になっていて、十軒程の家があった。山形で会った生ぶ出し屋の五倍はありそうな家で、まさに橋のたもとに建っていた。裏手は坂で草ぼうぼうの土手になっていた。

確かに骨董に興味のない人が見たらゴミ屋敷といえよう、と私にはおかしさがこみあげてきた。古道具が山のように建物の周りを取り囲んでいる。

イッシィが車を山際ぎりぎりに止めていた。

「やったじゃん、すごい所だねぇ」

「お宝あるかなァ」

イッシィは背伸びをしながらそういった。運転ごくろうさまだ。

玄関はどこだろうと、私は道に面した二方の壁際を歩いてみた。どこにも玄関らしき所がない。ようやく人一人がどうにか通れそうな所が出入口らしいとわかる。

イッシィが手土産の一升瓶の日本酒を下げて店内に入って行く。私はそれに続いた。

家の周りは、何年かけたらこんなに物に溢れた状態になるのかと思える程、物が散乱している。入口には小さな棒に挿された押し絵雛が箱から溢れかえっている。時代は経っていそうなのに（幕末・明治）、とても綺麗だ。人形に興味のある私は、そのうちの何本かを手にしてみた。押し絵雛だから羽子板と同じ作りだが、こちらは裏にも見えても良いように綺麗な金襖が張ってある。木の柵に挿して飾る、埼玉のある地方の民芸品だ。それ以上のことは知らないが、とても美しい物だ。それがこんな剥き出しで入口に置いてある。思わず私の胸がうきうきする。

ところが、奥の間の障子戸にいくら声をかけても返事がない。私達は仕方がないので迷路の様になった家の中を見てまわる。

台所の洗い場には三十枚くらいの四角形のイゲ皿（明治時代の皿の縁が、指で摘まんだ様にぐるりと形がついている）が重ねてある。普段あまり見かけない形である。丸皿の方が多い。

「これ良いお皿だよ。値段が折り合ったら、買って帰ろうよ」

「その横の蓋物もいいぞ」

二人は、案内も受けていない人様の家の中を、勝手放題に見て行く。

いつの間にかその家の娘とおぼしき人がやって来た。高校生の制服を着ている。私達は互いに挨拶をした。こんなことはいつものことなのだろう、娘は障子を開けて中に入って行く。

何か話し声がして、放髪にランニングに短パン姿の山ちゃんが現れた。彼も又山形の生ぶ出し屋同様に寝ていたのだろうか。機嫌が良くないことは、手に取る様にわかる。

イッシィが日本酒を渡す。山ちゃんはそれでいくらか気が晴れたのか、後は仕方ない仕事をするかと、厭々ながら立ち上がった。

荷をひらく場所もないのだ。イッシィと私は家を出て道路で待つことになった。

何が得手(えて)(専門)かと山ちゃんに聞かれたので、私が古伊万里と答えたら、外で待っていろといわれた。何が出て来るのだろうかとイッシィと話をしていると、山ちゃんが両手に箱物(十二枚とか二十四枚とか同じお皿や猪口などが入った箱のこと)を抱えて出て来た。

大概小鉢などは反故(ほご)や古新聞に包まれている。その新聞紙は、一番上の一枚は包みが解いてある。柄と皿の状態を見るためだろう。

私とイッシィは新聞紙を開けて柄を見る。包まれた新聞紙は古いと明治・大正の日付が見て取れる。こんな物ゴミだけれど、明治の新聞なんてお宝じゃないかと思う。それに箱には買った日付が文久二年とか墨書きされているから時代がわかる。最初に開いた皿は、古伊万里の山水だけれど、薄手で良く出来ている。

「これ、いくらですか?」と私は聞いた。

「箱で三万円」とタバコに火をつけながら山ちゃんがいう。すごく安い。すぐ買うことにして、私は持って来た手帳に〝古伊万里山水皿三万円〟と書く。本当は全部のお皿を割れていないかどうか確認したかったけれど、その時間と場所がない。

いくら山の中といってもそれなりに車は通るのだ。その車の人達は、古い建物（良くいえば）と地面に物を広げてやり取りをしている私達を何と見たのであろうか。

白地（はくじ）（柄がなくて白一色のもの）の大振りで薄手の蕎麦猪口が出て来る。これは箱なしの剥き出しのままだ。凄く良い品だけど、六個のうちの二個にニュー（ひびのこと）が入っている。

「このニュー入った猪口はおまけね」と私は強気でいった。

相手は何もいわないので〝白地猪口四個、二個おまけ〟とノートに書く。

その後は、もう夢中で出て来る品を買いまくったのだけれど、しばらくして「これで今回はしまいだ」と山ちゃんがいって、私はほっと一息ついた。

イッシィは荷を片付けている。私は買った品物の計算をはじめた。二時間近く品物のやり取りをしていたのに合計が安すぎる。八十万円しないのだ。私は新しいページを破いて、もう一度計算を始めた。やはり計算は合っている。

私はバッグから出したお金を数えてから、山ちゃんにノートの合計金額と供に渡した。山ちゃんは黙ってお金を受け取ると、短パンのポケットに無造作に突っ込んだ。お金を数えなくてもいいんですかと私は聞いたけれど、片手を軽く上げて、いいよといった。互いに信頼関係が出来ているのだ。お金を渡した私は、イッシィの手伝いを始めた。

持参のダンボールと新しい新聞紙で裸の皿や蕎麦猪口を包んでは仕舞い込む。当時使用した江戸時代の人たちもこうして仕舞ったのだろう。観光バスが通りかかって乗客が車窓から自分達を見下ろしている。何やっているのだと思ったことだろう。「ここが有名なゴミ屋敷でございます」なんてガイドがいったりして。

あらかた片付いた所へ山ちゃんがやって来て、お昼をご馳走してくれるという。先程のランニング姿から襟付きシャツにズボン姿に着替えている。

もう二時近くで、お腹の空いていた私達はご馳走になることにする。ただ、この家で作った料理は少々ご遠慮したい。

山ちゃんはイッシィが最後の荷物を車に積み込んだ所で、小さな集落の一番道路に面した一軒の仕舞屋(しもたや)に私達をいざなった。

ガラス戸を開けて奥に声をかけると、慣れた様子で中に入って行って、畳の敷かれた小上がりに上がった。そこには炬燵があって、私達にも来いと勧める。

壁にラーメンとか山菜蕎麦とかメニューが書いてある。外見とはおよびもつかない普通の蕎麦屋であった。

「私ラーメンにする」と一番先きに私が答えると、山ちゃんは、

「ねえちゃん、騙されたと思ってカツ丼にしなよ」

といって、お茶を運んで来たおばちゃんに、カツ丼三つと勝手に頼んだ。

お腹は空いているけれど、普段カツ丼なんて油っこいものは食べない私は少々心配だった。

山ちゃんは、我家に居る様にくつろいで、炬燵に入ったまま部屋の角に置かれたカラオケの

機械をいじって、いきなり歌い出した。

それが玄人はだしの上手さなのだ。あの無口の人が、こと歌となるとこんなに自己を発揮するのか、と私は驚いた。イッシィと私が居ることなんて全く無視して、山ちゃんは歌い続けた。

カツ丼が来る。大正時代くらいの蓋付きの丼が愛らしい。山ちゃんの所で分けてもらったのだろうか。

カラオケを止めて山ちゃんが、

「これがうちのご馳走だから遠慮しないで食べたらいい」と今までで一番長く喋った気がした。

私は丼の蓋を取った。

「わぁ綺麗だわぁ」イッシィも同様に感激の声を上げた。

そこには金色に輝く卵がかかったカツ丼があったのだ。

手を合わせて、いただきますという。その一口目の美味しいことといったらない。卵とたれとトンカツの味がマッチして豚肉も全然臭くない、それより肉が甘いのだ。

こんなに美味しいカツ丼を食べるのは初めてだ。卵は地鶏で新鮮なのだろう。豚肉もカラリと揚がっている。今ならインターネットでツイートすれば人が多勢来るだろうけれど、携帯電話もまだ普及していない時代で、こんなに美味しい物がこんな鄙びた所にあるなんてまるで奇跡と思えた。

私達はカツ丼を十分に堪能して、食後、山ちゃんのカラオケに付き合って、気が付けば三時をまわっていた。

「わぁ大変だ、家に帰ったら夜になっちゃうよ」

私達は山ちゃんに挨拶をして、車上の人となった。また来いよな、と山ちゃんがいってくれる。どうやら気に入られたらしかった。ありがたいことだ。

帰りは、道も早く感じる。行きに道を聞いた蕎麦屋が見えたが、申し訳ないが今回はパスだ。きっとおいしいに違いないのだ。あんな山の中の一軒屋で蕎麦屋をやっているのだから遠来の客が目当てであろう。

そこで私は大声を上げた。

「なんだよう、びっくりするじゃないか」とイッシィが叫んだ。

「あの台所の洗い場にあったイゲ皿買って来るの忘れちゃったよ」

「あの四角の皿だろう、五、六千円はしたんじゃないの」

「それでもいい、私の好きなお皿だったのに残念だよう」

「あんなわかりやすい所にあったのに、今回持って来なかったのには、先客が付いていたんじゃないか?」

「そうかなぁ、きっと明治ものだからだよ、私達得手は古伊万里っていったからだよ。ああ、なまじ現物を見ちゃうと、後ろ髪ひかれるよう」

私達は、そのお皿を買ったらいったいいくらで売れるのか車内で話し合った。次来た時(次の予約をしておいたのだ）まだあのお皿があったらいいのに、と思う。

夜六時過ぎに寺に着いた。心配して住職が出て来る。三人で車の骨董品をとりあえず物置に仕舞う。

「初めての所で大丈夫だったか？」

住職はその荷の多さに驚いて、お金が足りなかったんじゃないかと心配してくれた。

「大丈夫、おつりが来るくらい安かったよ」

「内緒事して後で泣いても知らないぞ」

「本当に大丈夫だってば、それより噂のゴミ屋敷だったよ」

「お宝あったか？」

「それがこれじゃない。おそれいったか」

イッシィは早く家に帰りたいだろう。手早く片付けて、車に乗った。

その晩はカレーを家を出る前に作っておいたので、温める間にサラダを作っておしまい。

「すごい所だったよ、山形の生ぶ出し屋さんの五倍は広いうちで、一方が川端に面していて橋から土手になってるの。入口なんかこんなくらいしかないの。もう物がいっぱいで玄関の鍵もないいんだよ」

私は両手でその狭さを示した。

「そりゃあよかったね、興奮してないで早く風呂に入ってしまえ」

「そうだね、明日になったらお宝見せてあげるから」

私はその夜はなかなか寝付かれなかった。

次の日の朝、いつもより早く来たイッシィとお宝を開けて見る。

「わぁしまったぁ」私は叫んだ。

値段を書いた紙を商品ごとに入れておかなかったので、何がいくらなのかわからなくなってしまったのだ。

値段を書き留めた紙はあるから二人で元値を思い出しながら、イッシィと二人で、膝突き合わせて売り値を決めた。

後日、この皿や猪口が良い値段で売れたのは確かだった。

私とイッシィは、山ちゃんの家にその後三度通った。荷を持って帰って来た翌日は、前日の夜のお酒で約束の時間に起きられないことも覚えた。それでも三回しか行けなかったのだ。

それから、あのおいしいカツ丼は店が一日定休日で二度しか食べられなかった。

それは突然の話だった。あの建物が橋の改修工事にかかって、壊さなくてはならなくなったらしいのだ。私は悲しく思い、もう少し近くだったら引っ越しの手伝いに行きたいと思った。

ボロ屋だったけれど、家の内外をうずめていた骨董品はどうなってしまったのだろうか。まさか、ショベルカーで、ゴミとしてペシャンコにされてしまったんじゃないだろうな、と案じた。

山ちゃんはその後、多くを語らず、近くの骨董屋仲間と合わせて、〝骨董長屋〟を開いたけれど、昔の勢いはなくなってしまった。

骨董長屋とは方向が違うので、おいしいカツ丼は食べられなくなった。本当はこっちの方が残念だったりするのだけれどね。

ほんの半年の付き合いだったけれど、あのボロ屋には良い思い出ができた。

ますます生ぶ出し屋は少なくなるだろう。骨董商の間を品物だけが行き交いすることは止してほしい。骨董屋になって随分経つけれど、良い品が出なくなった。これは皆がいっていることで、悲しいけれど現実なのだ。

私のように足廻りのない（早い話車がないこと）人間には、新しい荷を手に入れるのに苦労が絶えない。イッシィがいるから市場には行けるけれど、それも目あか（一度人の目に触れること）のついた品が多い。

山ちゃんとの付き合いは今も続いている。あっと驚く様な物にはめったにお目にかかれないが、時々古伊万里の良いのをそっと手渡してくれる。私にとってかけがえのない生ぶ出し屋なのだ。

17 敵

驚かれるかもしれないが、骨董屋の私には敵が多い。

例えば紙物屋さんでは、紙魚（しみ）だ。銀色に光る一センチに満たないよく動く虫で、紙を喰う。穴だらけの和綴じ本を見かけたことのある方はわかるだろう。トンネルさえ掘って、紙に穴を開けてしまうのだから。

古い説話集か何かに載っていたと思うのだけれど、あるお坊さんが経典を学んでいた。ところがどうしても一文字御経の文字が覚えられない。困ってお師匠様に問うたらしい。その師がいうところによると、彼は前世で紙を喰う紙魚であって、彼が覚えられなかった文字を食べてしまった。その罪によってその文字を彼の坊様は覚えることが出来ないのだと諭されたという。

その話には続きがあって、聖なる経典を食べたことによって、その紙魚は、人間に生まれ変わって、その坊様になることができたのだというのだ。寺に住む私には、身につまされる話ではあるが、敵は敵である。そこら辺を這っているのを見つけたら退治せずにはいられない。

でもやっぱり、退治してから手を合わせることは忘れない。

他にも悪い虫は多い。

例えば鼈甲（べっこう）を喰う虫。鼈甲はもともと亀の甲羅で堅いイメージがあるが、本物の鼈甲は、そのままそこら辺に置いておくと、すぐ虫に喰われてボロ〳〵になってしまう。私はそのたびにうんざり顔になる。動物質の有機物を食べる虫がいるのだ。古い櫛など、歯の部分が喰われてなくなってしまった物を見かけることはよくあるだろう。お婆さんの形見の櫛なんかで、何の傷気もない物があったら、ベークライトというプラスチックの前身の合成物で出来ていることが多いのだと聞いた。それは傷がなくでも、残念ながらあまり価値はないらしい。

あとは着物を喰う虫がある。その虫は絹物はあまり喰わなくて、毛製品を喰う。ウールのコートや毛のセーターに穴を開ける虫である。

着物にはメリンス（モスリン）という毛織物がある。暖かさから、冬用の子供の着物から大人の着物の胴裏、長襦袢なんかによく使われている。このメリンスを、虫はよく喰う。メリンスが絹物の胴裏なんかに付いていたら、私はすぐさま外してしまう。

間違って表地の絹物を喰い破ってしまったり、メリンスがあることで、虫が嫌でも大発生してしまって、他の着物に害が及ぶとも考えられるからだ。

私のように古着を扱う業者にはありがたくない虫なのだ。

あとは木を喰う、木喰い虫が厄介だ。夫である住職の趣味の民間仏なども気を付けないといけない。木くずが出たり、繭を作っていたらすぐ退治しないと、他にも移ってしまう恐れがある。

これらの虫は、防虫香を絶やさないとか、燻蒸するとか、いっそのこと買わないとかして、こちらからの防御が出来うる敵だ。しかし防御が出来そうで、出来ない、いわば見えそうで、見えない別の敵との戦いが骨董屋にはあるのだ。

ある日の、平和島での骨董ショーのことである。

イッシィは、先程から中年の男性客と、商談の真最中だ。商品は、五センチくらいの小さな初期伊万里の壺だ。とろりとした上薬がかかって、簡素な草木紋が愛らしい、手の中で遊ぶのに十分楽しい一品である。男性に人気のある商品だ。私は二人の熱戦のやりとりを見ていた。残念ながら値段が折り合わなかったのだろう、イッシィとお客さんは互いにその壺に思いを残したような態度で、右と左にわかれて行った。

イッシィは、少し呆けたように椅子に座った。二十万円からするお品だもの、売れなくてさぞ残念なことだろうと私は思った。売れてなんぼのお商売、利益は出さなくてはならない。先程のお客さんはいつも来てくれる人だけれど、だからといって、割引にも限度がある。その後、お客さんが重なってイッシィと私は忙しかった。そんな時に魔の時間が訪れた。

閉会の間際になってイッシィが叫んだ。

「やられたァ」

「どうしたの、何やられたの？」

私は急いで、イッシィの元へ駆けつけた。

「やられちゃったよ、あの壺」

ええ‼　よりによって、あの初期伊万里の壺が、あろうことかなくなっていた。

万引きに遭ってしまったのだ。

私たちの店は横に長くて（約六メートルくらい）、その左右に二人して座っている。けれどお客さんが立て込んできたら、先程のイッシィみたいに一人一人のお客さんにかかりきりになって、商品の説明をする。私が着物をお客さんに着せてあげていたりすれば、どうしても隙ができる。九十九％のお客さんは信頼できると思って商品に背を向けている間に、一％の悪人が居ることがあるんだよね。

骨董屋にとっての一番の敵とは、この万引き犯のことである。

イッシィが嘆く。

「あの人（先程のお客さん）何度も見に来て欲しがっていたから、あの時、安くても売ってしまえば良かった」

その気持ちは、私にもよくわかる。

ただで拾って来た物じゃないんだよ、市場で、これはって思って競って手に入れて来た品なのだ。元手が掛かっているんだよ。

それを盗られちゃうなんて、私もメチャクチャ悔しい。イッシィが泣きたい気持ちになるのも当たり前だ。憎き万引き犯め、どうしてくれよう。

一応、大会本部には届けておいたけれど、壺は戻らなかった。

数ヵ月後、イッシィが骨董の雑誌を手にして憮然としている。私は驚いた。

あの万引きされたうちのお店のあの壺が、他店の広告にこんなに早くにカラー写真で麗々しく載っていたからだ。

「これウチのだよね」

「こんな壺、そんじょそこらにはないからね」

この壺をやった万引き犯は、その手のプロだったに違いないのだ。きっと、すぐに他のお店に持ち込んで、流れ流れてというか、どういう人手の渡り方をしたのか、こうして地方の骨董屋の手に渡ったのだ。

悲しいことに二人にはどうしようも出来ないのだ。そのお店にイッシィが、うちから盗まれたといっても通らない。

重要文化財などであれば別だけれど。その地方の店もきっと、市場できちんとした形で買ったのだろう。だから盗品とも知らずに、広告に出していたんだ。

二人は悔しがったが、その壺に関してはそれ以外何もできなかった。

イッシィは、市場かどこかでガラスの小ケースを二つ購入して来て、金額の張る小品はそこに入れるようにした。防犯対策である。見た目は少々大げさになってしまったが、二人で身を守らなければならない。これは、仕方のない現実である。

それでも一度は、本部のマイクで屋号を呼ばれて行ったら、見覚えのある蕎麦猪口が、本部のマイクの横にあった。

「あっ、これうちのだ」

「本当にそうですか?」

手に取って裏を見ればⓂと書かれたシールがある。

「これ私の屋号です。どこにあったんですか?」

「万引きされたの気付かなかったの? お宅で盗ったって犯人がいったから」

「悔しいけれど、気が付きませんでした」

「今日は一人なの?」

「そうなんです、これから気を付けますから。ありがとうございました」

私は用紙に名前を書いて、六万七千円の蕎麦猪口をもらい下げて来た。

全然気が付かなかった。やっぱりお店に一人だと狙われやすいのだろうか。今日はイッシィはお休みなのだ。

急いで店に戻って、留守番を頼んだ隣りの店の奥さんに挨拶をする。

「何だったの?」

「万引きされた蕎麦猪口が戻って来たんです」

その奥さんには例の蕎麦猪口を見せた。

「へー、よかったじゃない。犯人見たの？」

「いいえ、捕まったお店にまだ居るとかいって、万引きした店のわかるだけの品物を返しているところだそうです」

万引きは現行犯でないと逮捕できないと私は聞いている。

あるデパートの骨董市での決まりによれば、万引き犯が品物をポケットに入れても、その会場を出て、エレベーターに乗るまでは捕まえられないと、そこに出展していた骨董屋さんから教わったことがある。それくらい法律は犯罪者側に優しい。

それは今思い出しても悔しい。やっぱり平和島の骨董ショーでのことだった。私は着物と人形の他に、伊万里物の和食器を主に扱っている。豆皿といって、手のひらに乗るくらいの小さなお皿が得意だ。

そこへ老婦人とその娘と思われる二人連れがやって来た。無言で入って来て二人して豆皿を見ている。いらっしゃいと、声を掛けてあと私は黙って見ていた。こういう時、色々話しかけてくる店員がいるが、私は好きではないので、ただ、相手が声を掛けて来るか、話をしたそうにしている様子を見かけなければ、こちらから声は掛けないでおくようにしている。

これは、私の経営方針だ。

二人は何やら話をしながらそこら辺を見始めた。しばらくすると、急にこちらに話し掛けて来て、イッシィの前の棚にある古伊万里の値段を聞いた。私は何の疑いも持たず、イッシィの所へ行って、皿の値段を聞いて戻って来て、老婦人に値段を告げた。

その老婦人は堅い顔をして「あら、そう」といったのだった。

椅子に座った私は背筋が思わず凍る思いがした。手が震えた。あっ、やられちゃった。お店の狭い通路を通せんぼするように、まだ老婦人は立っている。娘と思しき中年女の姿はすでにない。

客は他に居ない。

私は、老婦人を見上げた。老女は、何もいわず出て行った。

お盆に乗せてあった豆皿の、一つ分だけポッカリ空いた場所を見て、私は溜息をついた。そこには先程まで、先週田舎まわりをして見つけて来た、時代のある厚手の、今人気の花唐草の豆皿が確かにあったのだ。

イッシィの所に行っている間に、と思いたくないけれど盗られたのだ。それをすぐに中年女に渡して、私がそこで騒いでも老女はきっと持ってはいないのだ。

相手はプロか、でなくてもそれなりの知識がある輩だ。なぜなら、目の付け所がいいからだ。何枚もある豆皿の中から、今回ピカ一の物を盗って行ったのだから。

諦めようにも諦めきれない。これは値段も安かった——それでも二万三千円もしたのだ——

から、その後どこからも見つからなかった。

半年くらいして、又その親子が性懲りもなく私の店へやって来て、豆皿を見始めた。そうして、しばらくすると又ぞろ、イッシィの所の皿の値段を聞いた。

私はあえて席を立たなかった。そのかわりに大きな声で、

「こちらのお客さんが、そこのお皿の値段を知りたいんだって」

とわざといってやって、ちょっと睨んだ。

二度目はさすがにないよ、という思いを込めていた。

そのようにして豆皿のお盆を見張り続けたのだった。二人はイッシィのお皿には目もくれずに、すぐに出て行った。

ある時、私は用があって、ショーに午後から出た時があった。

ちょうど入口を入ろうとすると人垣が出来ていて、一人の中年の女が警官にひかれて行くのが見えた。

女は全身黒ずくめだけれど、骨董市に相応しいお洒落な格好をしていた。花飾りの付いたレースの帽子を被り、シフォンのふわふわのブラウスにロングスカート姿だ。

だが、なぜだか両手で顔を隠している。

なんだ、なんだ。私が知った顔を見つけて問うと、現行犯で捕まった万引き犯であるという。

昔なら石でも投げられたであろう、憎い奴だと思う。

なんでも、万引きした物をコインロッカーにしまっていたのだという。そんな知恵のある犯人なのに、初犯だからと罪は軽いそうなのだ。

だけれど、今回は盗った店々に引きまわされているのだ。当たり前のことだ。こちとら、生活が掛かっているのだものと私は怒鳴りたい心境だった。

うっちゃんの所では、大きいからと安心していたら、一抱えある壺を持っていかれちゃったという。また、ある西洋骨董商は、指輪が入った大きなケースごと盗まれてしまったという。人が混んできて隙ができるといっても、これぱかりは、困ったもんだでは済まされない事柄だ。今では防犯カメラを付ける所まである。それだって、盗られちゃったらば、どうしようもない。

お客さんは全員善人と思っている骨董屋さんも多い中で、実をいえば、声を大きくは出来ないが、骨董屋仲間の中にも悪はいるのだ。それは嘘ではない。

どなた様にも、欲しい物があったらお金を出して堂々と買って、と私は声を大にしていいたい。

18　オジョウ静岡に行く

もともと私の店は、伊万里物と呼ばれる焼き物が中心だった。私の師匠の文ちゃんと呼ばれていたおっちゃんに中学生の頃から仕込まれて、一応古手(ふるて)の古伊万里と新物(あらもの)の区別はどうにかつくようになっていた。

高校生になって、その当時五十〜六十代くらいだったろう文ちゃんの屋号で、骨董の市場で小遣いのほとんどを費やして伊万里物を買いあさっていた。結婚後、親からゴミと呼ばれた伊万里が実家の物置に山のようにあって、どうにかしろといわれて、それをもとに寺の山門下にお店を開いていたのが、三十代になって縁あって平和島の骨董ショーに出店することになった。今思えば、無謀というか、若かったからできたのだ。

平和島のショーを始めた当初は、バブルの真っ最中で、お客さんは引きも切らず十万円くらいのお皿がバンバン売れていた。行きはＪＲの浜松町駅からモノレールに乗って平和島の会場に向かう。帰りはくたびれ果てて、タクシーで自宅まで帰る贅沢ができた。

一緒にお店をやっていたイッシィ（当時はまだ四十代の男性だ）と骨董の市場まわりをしていたけれど、東京の市場は人が集まって相場が高くなってくる。セり落とせないものも多い。それで、私とイッシィは、静岡に有名な骨董店が集まっている所があると聞いて行ってみることにした。

私の祖父が静岡の出なので、なんとなく土地勘はある。しかし日帰りで静岡はつらい。必然的に夫がついて来る。車の運転を代わるためだ。

朝六時に寺を出て、高速道路に乗る。私の作った、梅干しに海苔を巻いただけのおにぎりを車の中で全員でもくもくと食べる。

イッシィはおにぎりを食べながら、前日市場でセって結局落とせなかった大皿のことをくどくどと残念がっている。車を運転している夫はおにぎりを食べ終わって、お茶をくれと喚く。私は、人手を頼んではあるけれど、息子が一人で起きておにぎりを食べて、泣かないで幼稚園へ行ったかどうかが心配だ。

静岡の骨董店は主に市内の百メートル四方にかたまってあって、それぞれ木造の二階が住居になった地方の骨董店のにおいを発していた。手近なお店から見始めて、売れ筋の伊万里物を箱で買う。昔しは結婚式をはじめ、人寄りは自宅ですることが多かった。大きな家ならお皿もお椀も、二十組入った箱物を必要に応じて何組も用意しておいたものなのだ。静岡の骨董店には思った通り品物が沢山あったから、好きなだけ選んで、「これだけ買うからまけてよね」と店主のおっちゃんにいう。

「こんなに沢山、あんた達業者かね?」

「そうだよ、東京から来たんだから」

「それじゃあ業者値段にしてやるヮ」

もともと安い定価からさらに割引いてくれるから確かに安い。

お昼にお蕎麦を食べながら、東京の市場よりも品数が多くてずっと安いと話が盛り上がった。

「やっぱり地方はバブルじゃないのかな」

と私がいうと、

「それでも骨董を買うのも今のうちだろう」と夫がいう。イッシィが、蕎麦湯を飲みながら、相槌を打つ。

「次はどこへ行くんだ」と財布を出しながら夫が聞いた。

「古いけど、静岡ではとっても有名なお店だよ。名品がいっぱいあるんだって楽しみだヮ」

おじいさんが一人でやっている店だと聞いている。夫が食事代を払って、目的の店へ行く。

「ごめん下さい、見せて下さい」

おー凄い。店の中は、上から下まで骨董品でいっぱいだ。もうお店の年季が違う。さっきの蕎麦屋くらいのお店で、通路が迷路みたいになっている。

イッシィが、さっそく嬉しそうに、南蛮人(なんばんじん)の印判(いんばん)(手描きでなくて、安価にできるように、絵のシ

ールを張って焼いたもの。江戸末から流行ってきた）のどんぶりを見つけて、店主に値段を聞いたら、

「一客（いっきゃく）（茶碗の数え方）八万円だ」

といわれてすごすご元に戻しに行った。南蛮人の柄は人気があるので、元から高い。私も良いどんぶりだと思ったけれど、八万円はそれでもあまりに高すぎる。銀座あたりにある超有名店でウィンドウに一つ飾ってあったら、魔法にでもかかって買ってしまう人があるかもしれないが、イッシィの所では八万円で買っても売れはしない。

店の前に止めた車に、婦警が駐車違反の切符をまさに切ろうとしている姿が見えた。

「大変だよォ、駐禁とられちゃうヨォ」

私の声に、夫とイッシィが外へ飛び出して行った。

一時間三百円のコインメーターがなかったから安心していたのだ。二人の婦警は、シールを張るシステムの場所だという。運の悪いことにシールの機械が見当たらなくて気が付かなかったのだと説明した。私達は、目に届く所に機械がないのが不親切だと抗議した。しばしやり合った後、婦警達は警察署に来るようにいった。ミニパトに先導されながら静岡市警察に着いて、交通課に連れて行かれた。イッシィは珍しく怒っていた。

我々は東京から来た観光客である。地理に不案内だ。コインメーターがないから無料だと思った。シールを張る機械（何という名か知らないが）も、目の付く所にはなかった。しかもまだ、違反切符は切られていない。と主張し続けた。

上司であろう中年の警官は、婦警を手招きして耳元でこしょこしょ話している。やがて、椅子を勧められても立ったままの我々に、

「わかりました、今回はこれで結構です。今後気を付けて下さい」といった。

やった、東京が静岡に勝ったぞ、とイッシィは思ったのかもしれない。

こちらをチラチラ見ている二人の婦警に目礼して警察署を後にした。

危ない、まったく何が起こるかわかりゃしない。しかしイッシィが、あんなに怒るとは思わなかった。

無駄な時間をくってしまった。私達はまた先刻のお店の前へ車を止めてシールの機械を探した。まるでわざとしているみたいに、電信柱の陰にあって、これでは知っている人しかわからないではないか、と怒りを新たにしたのだった。駐車料金のシールは車のウィンドウの正面に張った。後は一時間おきに確認するだけだ。

ふたたび私達はお店の探検を始めた。

ケースにも入れないで左義長（さぎちょう）が飾ってある。大形の羽子板で、正月に使う押し絵を張った羽子板とは違って、両面に絵の具を盛り上げて絵が描いてある。おめでたい時に上流階級で使われるのだ。江戸くらい時代があるのはその迫力でわかるのだが、色がまるで昨日今日描かれたように美しいのだ。二十五万円とシールが張ってあった。私は、よだれが垂れそうなほど欲しかったけれど、買っても私の所では売れないだろう。二十五万円は絶妙な値段の付け方だ。一

般の人なら買えない値段ではないだろうけれど、プロでは利が出せない。

うらうら通路を歩きながら店内の品物を見て回っていた。私は、何かを感じて立ち止まった。そこには一体の立派な仏様がいらした。

前の方にガラクタが積んであって、全体の姿は見えない。少なくとも江戸仏はその顔を見れば出来の甘さがあって、私にだってすぐわかる。これは大日如来であろう。江戸それもまあるい後拝(こうはい)のついた金輪仏(きんりんぶつ)だ。夫の誕生仏でもある。前に置かれた品物を少し左右にどかしてみた。蓮台の上に結跏趺坐(けっかふざ)(蓮台に座って、両の足の裏をみせてあぐらをかいている姿)している。

仏様をじっと見つめていると、何か温かさを感じてきた。せめて室町か(平安、鎌倉時代はとても願っても無理だから、せめて作られた時代が室町時代は欲しいというコレクターの願望をこう言う)。

自坊の本堂に有名な画家の大日如来の掛け軸がある。その前にこの仏を置いたらちょうどいいなと思った。

見える範囲に値段の札はない。思い切って、骨董店によくある畳の部屋にいる店主に声をかけた、

「すみません、ちょっとお尋ねしますけれど、この奥にある大日如来様は、おいくらなんですか?」

「二十五万円」

「ここにある大日如来さんですけど」

店主はもう答えない。

せめて室町、といっても私にとっては十分過ぎる年代だ。それがたったの二十五万円なんでありえないことだ。

「出してみてもいいですか」

「ご勝手に」

すぐに夫の所へ行って、店主が値段を間違えているかもしれないけれど、凄く立派な仏さんがあるから仏さんを棚から出す手伝いをしてほしいと頼んだ。夫も急いでやって来て、仏様を一目見ると、

「やっぱりお前の聞き違いだと思うぞ。二百五十万円の間違いじゃないのか」

「違うもん、二十五万円て確かにいったもの」

台座をいれると七十センチメートルの高さはある。仏さんのまわりの箱や皿を別の置けそうな所に積み上げてから、仏様を前に出す。夫一人では周囲に物がありすぎて動かせない。イッシィも呼んで来て、骨董品でいっぱいの狭い通路を二人がかりで畳の部屋まで持って来た。

「この大日如来様ですけど」

「二十五万円」店主は再びそういって黙った。

私達はお互いに顔を見合わせた。明るい所へ持って来て見れば、長い時間の間についた金箔

が剥げている所を除いて、目立った傷もない。台座から如来様を持ち上げると、それなりに木が枯れていて軽い。室町は十分にあるように見える。安いのはいいけれど、ちょっと信じられない値段である。

「あんまり安いのも何か因縁がありそうで困っちゃうよね」

「確かに立派な仏様だ、御本堂に置いたら映えるだろう。おれも欲しい。だけどよく考えてみろよ。この仏様が二十五万円で買えるわけないじゃないか。先に声かけたのはお前だぞ、こんな場所まで持ち出して来たんだ、どうするか決めろよな」夫はなおも金額は店主の誤りで、本当は二百五十万円で、とても買えない仏様だと思っているのだ。私と夫はひそひそ声で話していた。

民間仏　大日如来

「わかりました。みんな私の責任ですよ。おじさん、この仏様、私いただきます。絶対に二十五万円でいいんですね」と私は念を押した。相手が頷くので、銀行の封筒からお金を出して数えて、手渡した。

これで大日如来は私のものになった。夫はやはり信じられないという顔をしていた。店主はお金を数えてからもその場を動かない。イッシィも伊万里物を両手にいっぱい買ったが、包んではくれない。このお店では、自分でどうかしろということらしい。車にはこんな時のためにダンボールが積んである。あいにくプチプチシートは忘れてきた。

仕方ないので、車のトランクにダンボールを敷いて仏様を寝かせた。着ていた上着を脱いで、せめてものクッションがわりにした。先きに立ち寄った店で買った物もある。ここで買った茶碗はなるべく奥に入れて、割れないことを祈ってドアを閉めた。

警察署に行ったり、あり得ない値段で仏様も買ったり、いいんだか悪いんだかわからない旅（これでも）であった。

お寺に帰って、すぐ仏様の埃を拭った。私の思った通り、元からあった大日如来の掛け軸の前にお祀りすると、二つがセットになっていた如くぴったり合致する。あまりの見事さに驚いてしまった。これもありがたい御縁だ。夫も満足そうだ。

これに味をしめて私は静岡のガイドブックを買って来た。忘れていたことがいっぱい載っている。せっかく静岡まで行くのだ、楽しいことが沢山あるほうがいいに決まっている。夫は、私のはしゃぎように、骨董が主だろうがと苦言を呈する。

イッシィは駐禁の切符を切られそうになったことを今だに不快に思っているらしくて、ちょっと乗り気ではなさそうだったが、しぶしぶついて来た。駐禁の切符をうんぬんいうことより東京では手に入らない品物があるのだから。

また朝早起きをして、静岡の骨董店へと車は向かった。

蕎麦猪口を中心に伊万里物を買う。「また来てくれたのかね」と店主が覚えていてくれて、昔から店の奥にしまってあった品物を出してくれるから、値段もその当時のもので安い。車の中は骨董品でいっぱいだ。今回はプチプチシートも忘れなかった。

私はここで不思議な出合いをした。例の大日如来を買ったお店で蕎麦猪口を包んでいたら三十歳後半くらいの女の人がそばにやって来た。

「お買い上げいただいてありがとうございます」

そう言う所を見ると店の関係者だろう。プチプチシートを切ったりしている私達を見て、

「父が何もしないのでごめんなさいね」

娘さんなんだ。つられて、私は前回、大日如来を買い求めた話をした。その女の人は私の手をにぎって、

「今二階から降りて来たのはなんとなく、あの仏様を買ってくれた人が来た気がしたんです」

「それはどうも、お会いできて嬉しいです。うちはお寺で、仏様はちゃんともうずっと昔から御本堂にいらしたみたいにしていらっしゃいますよ」

「そうなんですか。お寺さんに迎えられたら本当によ

大日如来梵字・バン

かったです」

「でも……」

私は値段があまりに安かった事情を聞いた。

「値段は全て父が決めるんです。誰にも口出しさせません。きっとあなたに買って欲しかったんですよ」

名人ともなると、その骨董がどこに行くのが相応しいのか、それがわかるようになるんだろうか。

娘さんは私に感謝している。私も選ばれたんだと思ったら倍も嬉しくなった。こんな良いことはない。きっと仏様も、うちに来るのを待っていらしたんだと思った。

静岡参りはその後何度できたのだろうか。骨董品も良いものが手に入らなくなっただけでなく、代替わりしたものの、昔と比べたらとても手を出したくなる物がなくなった店とか、あの仏様を買った店の店主も鬼籍に入って、店を閉めてしまった。集まっていた骨董屋自体がなくなってしまったのだ。お店がなくなった後、あの娘さんと偶然にお城の近くの店で再会できたのは本当に嬉しかった。最後に静岡へ行った時のことだったから、深い縁を感じた。

その後しばらくしてバブルがはじけるのだけれど、私達は骨董屋として、古き良き時代のほんのおしまいの所を十年ばかり味わうことができた。これがある種の自慢である。

19　人形さんとの出合い

セルロイドという化学製品が昔あった。綺麗な色が出て加工しやすいので、戦前、戦後のしばらくまで、おもちゃなどによく使われた。ただ、火に弱くて事故も多く、いつの間にかビニールやプラスチックに取って代わられていった。

いつも行く骨董の市場に、そんなセルロイドの小物（紙の台紙にダースで張られているブローチだとか花かごとか）が出ると、私と競る女の人がいた。当時で五十代くらいだったと思う。

私はこの女性のことを、市場で最初に茶筌筒をセリ落としてから知り合ったゆりちゃん（二十代）に紹介してもらって名前を知った。照さん（ちゃん）というのだ。

照さんは、主に人形を専門にしているらしい。私は、師匠のおっちゃんが人形をやっていなかったから、人形のことは何も知らない。セルロイドの小物は見て可愛いし、安いから買っていただけだ。

市場で落したり露天で買ったりした。セルロイドの人形や小物を百点くらい持っていた。気を入れて探せばそれくらいの数がすぐ集まる程、まだ市場や露天には品物があった。

その話をすると、照さんは見たいという。人形を専門にしている人はもともと少ないので、私も面白いと思って、山門下の私のお店に誘ってみた。

元パーマ屋を改装した私の店は、伊万里物(食器)でいっぱいである。その中にお客の目を引くように、二センチくらいの白いガラスでできたままごと道具なんかが飾ってある。それ以外は緑の鉢植えがあるだけの割りとシンプルな店なのだ。その一角にカラフルなセルロイドの小物を集めてある。

照さんは約束の日にやって来て、店をぐるっと見てまわると、セルロイドの所へやって来た。目で数をかぞえると、十万円で全部買いたいといった。

冗談ではない。この中には先日照さんと競って七千円で買った十センチくらいの人形も交じっているではないか。露天で探す手間もある。一点百円とは値段としてはあんまりだ。

私が、とても応じられないというと、それもそうよね、と舌を出した。なかなか一筋縄ではいかない人のようだ。

伊万里物はほとんどやらないという。飾ってあったままごと道具の値を聞くので、これはあくまでもディスプレイだからと断った。

一緒にお茶を飲む。女の子がやっている店なんだから、もう少し華やかにすればいいのに、という。

「私の師匠のおっちゃんは茶道具と伊万里物専門だったから、他の骨董品のことは知らないの。焼き物（食器などのこと）でも、土物（かめとか、上薬りをかけない焼き物）もわかんないんだ。だから、うちには六古窯なんてないの」

「うちにもないわよ。だけどお人形さん可愛いわよ」

「お人形もわからない、置くとこもないし、私は伊万里一本で行くつもり」

「へえ、そうなんだ。なんだかつまんないわねぇ」といって、飲んでいたお茶碗（うちはみんな伊万里は売り物なんだ）を三千円で買ってくれた。一応、義理は心得ている人みたいだ。

先日もまた骨董市場で会って、自分の店へ遊びに来て、という。私の店にも来てもらったことだし、一度は行くことにする。

照さんの店は、私の店のまた半分くらいのガラスケースに囲まれていて、まるで花畑のようにセルロイドの小物がいっぱいに飾ってある。結構高くて、万円代するものもある。私の所から一個百円で百個買ったら大儲けではないか。

私が気を悪くしていると、陽のあたらない隅に何体も座らせてある日本人形の一体を持ち出してきて、抱いてみろという。

まっすぐに何かを見つめている人形の瞳は儚げで、すぐにも手足が取れてしまいそうに見えた。

「壊れそうで、抱くのは怖いよ」

「そんなにすぐ壊れるような物じゃないから、抱いてごらんよ」

私は生まれたての赤ん坊を抱くように、そっと両手で受けた。思いのほか軽かった。黒いガラスの瞳に私の顔が映っている。

結婚する時、母親と人形町へ行って何軒も店をまわって選んで嫁入り道具として持って来た、紋付きと大振袖を着た二体の夫婦(めおと)人形はケースに入れっぱなしで、忙しさに紛れて今日まで出したことはない。子供は男の子だったから、とんと人形に縁はなかったのだ。

「ねぇ、可愛いでしょ」

「抱き方がわからないよォ」

「片手を輪にして頭を乗せて、もう一方の手で体を支えるのよ」

「こうかなぁ」

「まだ肩に力が入っているよ。子供育てたことがあるんでしょうが」

赤ん坊は自分のものだから抱き方なんてどうにでもなる。しかしこの人形は借り物だ。もぞもぞやってもうまくいかない。

「怖いからもう返す」

これが骨董屋としての、お人形との出合いの、初体験だった。壊れそうでもう怖くて人形の可愛らしさなんか、これっぽっちも感じる暇がなかった。

暮れになって、寺はなにかと頂き物がある。照さんに何気なく話したら、貰いに来たいという。どうせいつも食べきれなかったり、洗剤などは使いきれなくて人にあげたりしていたから、住職もいいというので、照さんが来ることになった。

車に積めるだけ積むと、お礼だといって上等なお肉をくれた。ちょっと恐縮する。

帰る前に私のお店を見たいという。十二月の何日かも忘れたが、この日が私の骨董人生の、ある種のターニングポイントになったのは確かだったのだと、今でもはっきり覚えている。

相変わらず伊万里物ばかりの店に、それはまだ値段も決まらず、作家名の入った木箱から出したままになって店の隅に置かれていた。はっきりいって最初は売るつもりはなかったのだ。彼女との間で何もなければ、高価な私のコレクションになったはずであった。

少し大きめの、小引き出しのいくつもある、昔上流階級の令夫人が手元に置いたであろう上品な、とても考えられないくらい手が込んでいた箱物だった。ただしその箱物の変わっている所は、外函は木製で螺鈿（らでん）でそれは美しく飾られていながら、中の小引き出しは淡い色の焼き物でできているのだ。それも引き出しごとに異なる花々が描かれていて、貝蒔絵になっている。こんな豪華な作品は見たことがない。すごく品があって可愛いのである。とあるお店で出合って一目で気に入ってしまったが、それなりに高価で、その時私はお金がなかったので、住職に泣きついて買ってもらったばかりなのだ。だから正式にはまだ私のものではない。

照さんはプロだ。私の店をひとまわりすると、物の陰になっていたその小箱を見つけた。つまり目を付けたのだ。いくらかと聞く。私は困って口を濁した。

「買ったばかりで、まだ売り値が決まっていないの」

「じゃあ、今決めてよ」

「お金がなかったから、住職に買ってもらって、まだお金を払ってもいないのょ」

「買った値段はわかっているんでしょ。夫婦間でマージン取るわけじゃないし、そこに業者値段を付ければいいわけじゃないの」

おおなんという強引さだ。それだけこの小箱が気に入ったのだ。上等のお肉も貰ったしなぁ、私の心はちぢに乱れた。

「いいじゃないの、私に売っちゃいなさいよ。旦那さんに払うお金くらいは、十二月の末にある平和島のショーで作れるでしょ」

確かにいわれればそんな気になる、私はプロのおばさんに押し切られて、買い値に僅か十万円を付けただけで、その小箱を売る約束をしてしまったのだ。しかし、その後が大変だった。照さんもお金がないという。そのかわりお人形で払うというのだ。開いた口がふさがらない。

「そんなの酷いよ、住職にばれたら怒られちゃうよ。お金でなくちゃだめだよ」

「女の子なんだから、もう少しお店を華やかにした方がいいのよ。お人形はまけてあげるから」

私には、とても太刀打ちできなかった。

次の日、また照さんの店に行った。今度はちゃんと電卓とノートを持って行った。

お人形には皆値段のシールが付いている。シールの値段は定価である。つまりお客さん値段だ。しかし、私もそんなに愚かではない。その下に業者値段というものがある。つまり、親しい業者間では、もちろん利益は十分に出るけれど、お客さんに売るよりは安く、業者向けの値段があるものなのだ。

お店の奥には、お人形が三十体くらい飾ってあった。私は人形初心者だ。まず人形を一体一体見た。顔が皆んな異なっている。その中で可愛い子と思えるお人形を一体抱き上げた。手も足もぶらぶらしている。確か片腕を丸くして、もう片手で体を支えるんだったなと思い出す。おお、ちゃんと抱けるではないか。値段を見る。そんなに高くはない。

「照さん、この子、いくらになるの?」

一割引きの値段をいうので、人形を元に戻して、

「そんなケチなこというなら、あの小箱売るのやめにする。だいいち、最初から、お人形で払うなんて聞いていてたら売らなかったもの」

私にしては珍しく少し強目にいった。

照さんも、小娘と甘く見ていたのが牙を少し見せたので、仕方がないと思ったのだろう、三割引きにすると話は決まった。

最初に抱いた人形と合わせて三体を決めた。とはいえまだ全然箱代には遠い。私は〝人形ノート〟と書いた小さな手帳に日付と金額と残金を書いた。照さんの実家にはまだ沢山のお気に

入りのお人形があるから、私の為にこれからもっと良いお人形を沢山持ってくるからと約束した。

私は包んでもらった三体のお人形を、店に帰ってからどうしようと思った。お店に飾ってみたいけど、夫やイッシィがどこから手に入れたのかと必ず聞くだろう。それどころか、夫に買ってもらった小箱をどうしたのだと聞かれたら、何と答えたらいいのだろう。叱られるに決まっている。私はなんて愚かなことをしてしまったのだ、と暗澹たる気持ちになった。どうしたらいいんだろう。

結局、お人形は店に飾らなかった。夫も、年末の忙しさに紛れて小箱のことは忘れているみたいだった。

十二月末、その年最後の平和島の骨董ショーが始まった。荷物は皆んなイッシィが車で運んでくれるのだが、私は包んだままのお人形を紙袋に入れて電車に乗った。そして平和島の私のお店の、いつもは大皿を飾る所にお人形を三体並べた。

「へェ、珍しい物持って来たね」と、イッシィがやっぱりいった。

「照さんからわけてもらったの。少し華やかにした方がいいと思って」

イッシィはもう何もいわずに、自分の席に座った。細かいことをいわれなかったから安心する。

ショーが始まった。お客さんは沢山来る。男の人が何もいわずに店に入って来て、一体の人

形を指さして、

「この子いくら」と聞いた。

「八万円」

ふーんといって、ただ黙って出て行った。そうして奥さんらしい人を連れて来て、抱いていいかと聞いた。

人形用筥迫　古代青ビーズ付　兵隊柄　江戸明治　柄はとても珍しいもの

「どうぞ、お好きにして下さい」

人形は確か、明治の末頃の、それなりに遊ばれた跡がありながら品格のある男の子の、三十センチくらいの人形だったと今思う。

お客さんはまけてくれという。一割引く。もっとまけろというので無理だといった。

都合、その男の人は三回人形を見に来て、

「やっぱりうちに連れて帰る」といった。

はじめて出したお人形が売れたのだ。嬉しかった。

このお客さんもしたたかで、奥さんらしき人を先きに帰して、人形を包んでいる私にタクシー代をまけてくれといい出したのだ。

「一割引きましたから」と私はいいつつ、千円まけさせられたのだ。

今ならそんなことはしない。客と駆け引きをして金額を決めたのだ。それを後になって、もっとまけろというのは、ちょっと常識に欠けた厚かましいお客だったと今はいえる。けれども、その時は人形素人だから、人形が売れたことに舞い上がって、お客に負けてしまったのだ。千円だけど、今思い出しても少々悔しい。

人間はなんといい加減にできているのだろう。私は照さんに人形が売れたことを伝えた。人形なんてやりはしないとは思っていたのに、それから私は人形にのめり込んでいってしまうのだ。小箱のことはやはり夫に散々叱られた。

最初に売れたのが抱き人形（男の子の赤ん坊人形）だったからか、抱きを自分でも集めるようになった。両手がないので凄く安かった抱きも、人形を直す知人に手を付けてもらって、とても良い人形になった。自分でも人形のことを勉強した。

人形は主に抱きと市松人形（おかっぱの人毛の髪の毛が付いた女の子の人形）がある。三十センチくらいの市松はよく売れた。お客さんの中には、私の所で買った人形に自分で作ったもっと良い着物を着せて写真を撮って、後日、私のところに持って来てくれる人がよくある。嫁に出した子が戻って来たみたいでとても嬉しい。これぞ人形売り冥利と思うようにまでなってしまったのだ。

照さんの所の人形もあまりあてにならず、ついには自分で人形を探しては買うようになった。

伊万里より人形ばかり買っていた時期もあったのだ。数を見続けていると、だんだん人形の良し悪しがわかってくる。いくら良い人形でも、色の褪せた汚れた着物を着ていると、どうにか手直ししてやりたくなる。

実家の母親が和裁が出来る。人形から脱がした古い着物を見本にして、母が新しい着物を縫ってくれる。これも人形に着せてみて、今時（いまどき）の布では、古い時代ものの人形には合わないことがわかった。そこで私は、人形に合うような、古いけれど綺麗な花柄などの、大正から昭和初期くらいまでの、その後は二度と作ることのできないだろう手の込んだ着物を買うようになった。

その当時、錦紗（薄い縮緬の布）の子供の着物が、大人の着物に交じって五百円くらいで買えた。夢のような時代だった。

こうして私は思いもかけず、照さんとの出会いから、伊万里物だけでなく、人形や古着を扱う骨董屋にもなってしまったのだ。

20　バブルがやって来た

私とお客さんとの間には、一枚の着物があった。二人ともその着物をつかんで離さない。

「ねェ、まけてよ」

「できません」

平和島の骨董ショーの私のお店で、私とお客さんとでやり合っていたのだ。

綺麗な紅色をした、山繭（やままゆ）で作られた大人用の大きさの着物だ。山繭とは、人間がお蚕（かいこ）さんを育てて作った繭でなく、自然界から採れた繭である。糸に大小のふしが出るのが特徴だ。誰かが手縫いをして作ったのだろう。まだしつけが付いたままの新品である。

定価は二万五千円だ。それをこのお客さんは二万円にまけろという。実をいうと、この定価は昔のもので、もう少し高く値段のシールを付け替えようとした矢先に、この五十代くらいのおばさんに目ざとく見つかってしまったのだ。なぜ、前日のうちにシールを取り替えておかなかったのかと心の中で悔やんでいた着物なのだ。

「ねぇお願い二万円にしてよ」

「無理です。このお値段だって昔のままで、今、市場に行ってもこんな値段じゃ買えないんですよ」

私としては、このおばさんに諦めて欲しかった。そうしたらもっと高い値段のシールに替えられる。しかし、このおばさんは粘った。

「お客が二万円なら買うっていってるんだから、そっちも誠意を見せなさいよ」

私は、いい加減にして下さいという言葉を何度も飲み込んで、

「こちらもお商売なので、出来ないこともあるんです。二万円にはとてもなりません」

私が着物を引っ張って取り戻そうとするのを、そうはさせるかと、逆に引っ張り返して、

「二万円にしちゃいなさいよ」と喧嘩腰で声を荒げた。

おばさんの後ろには、この平和島のショーには出展してはいないけど、明らかにプロと見える三十代くらいのお兄さんが、私達のやり取りをそわそわして見ている。

「ごめんなさい、無理は無理なんです、諦めて他のお店で買って下さい」と、私は静かにいって、着物から手を離した。着物を両手でぶら下げる形になったおばさんは、

「何よこんな店、二度と来ませんからね」と叫ぶと、着物を足元の行李（こうり）に投げ入れ、足早に出て行った。

やれやれと思っていると、後ろで待っていたお兄さんがすばやく山繭の着物を手に取って、

「いやぁ、凄いお客さんも居るもんですねェ。でもお姉さんのやり取りもなる程って勉強になりました。あのお客さんが二万円で買ったらどうしよおって心配しちゃいましたよ。ハイ二万五千円」

と、間髪を入れずお金を出す。定価を直す間もなく山繭の着物は売れてしまった。

「今、市場でもこんな安く出ないですよ、ラッキーだったなぁ。あのおばさんが二万円て叫ばなかったら気が付かなかったもの」

「実は昔しの値段のままなんだ。うちでシール取り替えて来ればよかった」

「なんて僕は運がいいんだろう」

「完品なんだから、バラして売っちゃやだめだよ」

「うーん、どうだろう」

「それでも、いいお買い物が出来たね」

「本当にそうだ、ありがとう」

この頃急に江戸縮(えどちり)（江戸から明治初めくらいまでに作られた細い絹糸で織られた縮緬(ちりめん)）を中心に布が高くなって来て、市場でもなかなか買えなかった。ところがショーに出せば品物はいくらでも売れた。そこで昔買った物を出して来て、今日みたいなことが起こる。

二十分くらいしたら、先程のまけてよおばさんが、出展業者のバッチをつけた同年齢くらいの女の人と駆けつけて来て、

「先っきの山繭の着物、定価で買うワ」

と、息咳き込んでいった。

「もう売れました。あの時、後ろに並んでいた男の人が、市場より安いっていってすぐ買っていきました」

「ほらご覧よ、今時山繭の着物が二万五千円で買えるわけないいんだから、欲かくからいけないのよ」

と業者の女の人は、まけてくれと叫んだおばさんにいった。おばさんはしょんぼりする。

何でも、まけてくれのおばさんが、この知り合いの業者の女の人に、二万円にまけろっていっているのに全然まけるといわない、酷い業者がいるといったらしいのだ。その業者さんは、そんな安い値段はあり得ない、と自分で買うために私のお店に付いて来たのだ。

「せっかく来て下さったのに残念でしたね」

「運のいい人っているのね」

「そこの行李に入っている布も安いから見て行って下さいよ」と私はお商売を始めた。

照れもあったのだろう、業者の女の人は、江戸縮の布を二枚買ってくれた。まけてくれと、自分からいわないので少しまけてあげた。

「布は急に高くなったよね」

「ほんと、江戸縮なんてもう市場でも買えないわよね」

私達はおしゃべりをした。

この時、既に布バブルは始まっていたのだ。何か元になる原因があったはずであろうけれど、江戸縮や普通の戦前くらいまでの縮緬までも急騰した。

女性達が古布を使って細工物を作るのが流行って来たのも一因といわれた。

そういう人達は、着物一枚はいらない。色や柄の綺麗な小切れが数欲しい。必然的に一枚の完品の着物はハサミを入れられ端切れとして売られることになる。

ある時、そんな端切れを綺麗に並べて売っているお店に、大学で古い衣服の研究をしているといっていた中年の男性がやって来て、

「あなた達骨董屋がこうして原形留めないようにしてしまうから、我々は困るんだ」とねじ込んでいる所に行き合わせた。

実は私も素晴らしい一品を持っている。それは綿入れの中着なのだけど、一寸（三センチ）くらいの猫がそれは沢山散りばめられた総柄の着物なのだ。大好きな猫である。とにかく珍しい。今まで猫柄なんて見たことがないから、相手の言い値で買った。バブルの前だったけれど、もちろん少し高かった。バラして売ったら、今ならきっと買い値の何倍にもなるだろう。しかし、私には、この着物にハサミは入れられない。猫好きの私としては、時たま出して見ては楽しんで、劣化しやすいこの絹の着物を私の死後、東博（東京国立博物館）に寄贈して名を残すのが夢だ。

そんなのんきなことをいっていられない程、布は高くなった。私が集めていた当時は、目もくれる人もなかった、錦紗（縮緬の薄い物。綺麗な花柄が多く、子供の着物から、若い娘さんの着物に多く使われた）が、縮緬が上がりきると、次に高くなった。

錦紗が安い時に買い溜めしておいた私の、平和島ショーの端切れ入れの葛籠の前には、おばちゃん達がしゃがみ込んで品定めをするようになった。若い頃の錦紗の花柄の着物が派手になって、長襦袢に直したものを沢山持っていた。これなら私もハサミを入れられた。お皿より、お人形より、布が売れた時があったのだ。いつもは、古伊万里を買ってくれるお客さんが、いったい何に使うのか、会のビニール袋を古着でパンパンにしてうろうろしていたのだ。流行とは恐しい、イッシィみたいな伊万里専門店には世も末であった。

急に会場内に着物や布を売る店が増えて、お客さんで溢れていた。

私は以前に露天で、あるお祭りの着物を見つけた。それは家代々の女達の使った着物の端切れを、今風にいうならパッチワークにして、剥ぎ合わせたものだった。江戸縮といっても明治も入るのだが、その着物は布自体がほとんど江戸時代の古い布で作られていて、しかも着用ができるのだ。それを見つけた時、一緒に布を見て歩いていた布の専門家が、このお祭りの着物が出てくるのは珍らしい、といった。その家の家宝なのだからと。

イッシィはそれを覚えていて売れという。

「市場に出したら、買い値の何倍にもなるゾ」

私は売らなかった。二枚持っていたら一枚を売っただろう。だけど、一枚しか持っていなかった。紅花染めや細かい縞や鳥なんかが描かれた着物はもう二度と手に入らないだろう。後日、そのお祭りをＴＶで見たけれど、古い着物を着ている人はほとんどいなくて、皆、今出来の着物の端切れで出来た着物を着ていて、残念に思った。

子供の錦紗の着物が一万円を超えた頃が、バブルの頂点だったのではなかろうか。やがてバブルは通り過ぎたけれど、錦紗の着物は一万円の高止まりで終わった。逆に縮緬は下がった。そして布は急に売れなくなった。

市場で財力に物をいわせてバンバン布を買っている人達を多く見て、とても太刀打ちできないと思った。相当に儲けた人はいるだろう。だけど最後のババをつかんだ人もいるはずだ。

これと同じことが氷コップの世界で起こった。それも突然に。

クーラーもない頃、夏の暑い時食べるかき氷は、至福の一時だったであろう。

今は味気ないプラスチックのカップに取って代わってしまったが、その昔はかき氷は御馳走だった。だからコップも豪華だった。平たいお椀型に始まって、今日のパフェの入れ物みたいなガラスの専用のコップがあったのだ。赤や黄色に色が付いていたりした。柄の珍らしい白のマーブル模様のコップなんかはとても高額になった。会場では皆、少しでも形や模様の異なった品を探すのに目の色を変えていたのだ。

朝一に売れたコップが、夕方には業者の中を渡り歩いて最初の値の五倍くらいの値段になっていたと、嘘か本当かわからないが、そんな話が囁かれる程、氷コップは高くなり続けた。

何で始まったのかは知らない。ある有名人が欲しがったから始まったという人もいたが、本当かどうかわからない。

私は氷コップと聞いて、すぐ開文堂のおっちゃんを思い浮かべた。おっちゃんは、私が中二で開文堂デビューを果たした時、その当時集める人のいなかった氷コップのコレクションを既に持っていて、その後も市場で出ると買っていた。どこから持ってくるのか、リンゴ箱にパッキンがわりの籾殻(もみがら)に入っているコップを出して来ては洗ったりしていた。

私は久方ぶりに開文堂へ行って、

「おっちゃん、私にも氷コップわけてよ」

と厚かましくもいった。

おっちゃんは目を細めて、

「高いゾォ」といったけど、昔の値段で十個コップをわけてくれた。

私はそれをイッシィに見せた。私では相場がわからないからだ。

「たった十個かよ」とイッシィは文句をいった。

「だけど、なるべく模様の変わったの選んだんだよ」

平和島のショーで、この氷コップは私が驚く程高く売れた。イッシィは、又開文堂へ行って来いといったけれど、私は行かなかった。行けばきっと、昔の安い値段で売ってくれただろう。

一応プロといっている私は、それが恥ずかしかったのだ。

おっちゃんは、氷コップバブルで相当儲けたはずだ。ずっと経ってから訪ねて行くと、

「あの頃もうな、市場へ持って行ったら、こっちが何もいわなくても、バンバン何倍にでも売れたんだ。倉庫にあったのも皆売っちまって、今あるのはこれだけだ」

といって、棚から氷コップを一個出して来た。割と珍しい柄のコップだった。

「なんで、これだけとってあるの？」

「初めて買ったやつだからだ。だから、お前にもやらないゾ」

コップには、非売品のシールが貼ってあった。私は、おっちゃんの目の付け所が良いのに今更のように驚いた。

私がおっちゃんと一緒に居て、綺麗なガラスコップを集めなかったのには理由があった。ある時、ちょうど蕎麦猪口のへりをホツ（小さな欠けた所）がないか指でぐるりと縁を撫でるつもりで氷コップの底を撫でた所、バリというコップを作る時にはみ出たガラスが尖ったまま処理されていなくて、指を酷く切ったことがあったのだ。薄いバリに気が付かなくて、指から血が溢れて手の甲まで滴たった。私はそれがトラウマになって、ガラス製品が苦手になった。それさえなければ、私もきっと若い頃からおっちゃんと氷コップを集めて、このバブルの時、儲けたんだと思うと、少し悔しかった。

氷コップバブルがいつ終わったのかは、私にはわからなかった。きっと値段が高くなり過ぎ

たのと、偽物が出回り出したせいではないだろうか。

ガラス製品は偽物が見分けにくい。市場にそれまで見たことのない模様のコップが出て来た。それが偽物だった。もうそうなったらどうしようもない。

そんな中、イッシィはいつの間にか氷コップではない、水を飲むコップのオーソリティになっていた。今でもフランスの雑誌にはよく似たガラスコップが載っている。鉛ガラスで、指で弾くとチーンと澄んだ音がする、高台があって重みのある、少し色の付いたグラスのことである。底も深かったり、浅かったり、グラス自体が厚いのも、薄いのも、丸い飾りが付いたものもあった。それを、イッシィは誰より先きに世に出したのだ。

夫と京都の骨董市に行った時、イッシィの所にあるグラスと似たものを並べている、三十歳くらいのお兄ちゃんに会った。

「グラスの値を決めるって有名人にわけてもらったんだ」と胸を張った。

そのお兄ちゃんが平和島のショーにやって来て、イッシィに最敬礼するのを見て、私は笑いこけた。

残念ながら、氷コップ程の流行は見なかったが、偽物は出た。ただしこちらは、わざと汚して色を付けてあるので、見ていてなんとなく怪しい、と思うものは買わない。今でも八千円くらいで売っていたりする。

私も一度だけほんのミニバブルを起こしたことがある。これだけは、私のせいで起こったと確信がある。

今はなき池袋の骨董会館で、私は先端に鶴が付いた一本足で中空の、つなぎ目も見えないくらい良く出来た大型の銀簪を買った。日本髪でも結わなければ用のないものだけれど、その鶴の見事さ、作りの良さに、当時一万二千円という、私にとってはとても高価だったにも拘らず、まけてもらったので買った。

すぐその気になってしまう私達夫婦は、それから骨董手帳を手に、東京中の骨董屋に行っては、「銀簪ありませんか」と聞いてまわったのだ。最初に買った鶴の簪ほど立派なものは見つからなかったけれど、三味線型でバラすと耳かきとかになるとか、おみくじが仕込んであるとかいう変わり簪を安く買った。当時簪なんて買う物好きはいなかったのだ。だから簪を置いてない店も多かった。そういう店から、簪が入ったと電話があって行ってみれば、先日訪ねた他の店にあった、小さな珊瑚にビラビラが付いた簪が二割も高くなって店主の手にあったりするようになった。市場でも私しか買わなかったのが、競るようになってきた。簪バブルである。ただ私一人が起こしたものだ。だけれど、どの店でも私が簪を探してまわっていれば、簪が売れると思う人も出て来るのだ。遠くは、鎌倉の骨董店からも簪を買うといって来た。今まであり得ないことであった。しかし、私が簪に飽きて、あっという間にバブルは弾けた。迷惑をかけたお店もあったろう。

今こうして平和島のショーを見回して、次に来るものが果たして何であるのか悩むのだった。

21　私はコレクター

私はいわゆる業者である。骨董品を仕入れて来て、それをお客さんに売っている。仕入れた物が全て売れればいいけれど、売れ残ってしまう物が出るのは仕方のないことだ。そんな骨董品は、時節に合ったものならば市場で売ってしまう。それでも売れなければ、お蔵入りになって、しばらくは納戸で眠ってもらう。業者だからといっても、手に入った物を全て売ってしまうということでもない。これはと思う一品でなくても、何故か気に入って、自分の為だけに集めてしまう物がある。今回はそんな物語である。

今でもお祭りの縁日の店に、射的屋がある。その景品は、今は小さなお菓子やプラスチックのおもちゃになってしまったが、古く（戦前）は瀬戸物の人形だったらしい。私はその中の騎馬の人形を集めている。

古の射的人形は白馬に黒の軍服を着た兵隊が跨っている。とくに可愛らしいわけではない。西部劇で有名な第七騎兵隊のカスター将軍が私は大好きなのだ。だから、可愛らしさは別に関係はない。大きさもばらばらで、小さな物なら五センチ未満、大きくて手のひら大である。大きい方が軍服の彩色など手が込んでくる。一番大きな人形は右手に穴が穿ってある。たぶん旗を持っていたのだろう。

数を自慢しようにも、三十五、六体しか手元にない。二十年近くかけてこれだけしか集まらなかった事を思えば、やはり元の数が稀少なのかもしれない。買ったお店に次にもし出たら必ず買うからといっておいても、次があったためしがない。これは私の足で探した数なのだ。

軍服は黒と、少数だが茶がある。一番小さい人形の中に、乗っている兵隊さんが横を向いて座っているのが一体だけあった。レアであろう。

雑な作りは型抜きだからで、バリ（型の土がはみ出したもの）があったり、型から出した段階ですでにひびが入ったりしている。本当に安価な人形なのだ。馬の四つ足は、前二本と後ろ足二本を型から出した所でヘラで二本ずつに割ってある。

大きくなればなる程、手間がかかっている。兵隊さんの顔に髭がわかるように描かれていて、肩からは勲章をかけている。馬も鼻や足に彩色されている。小さな物は馬も兵隊の目鼻も、筆で点のように描かれている。一万円近くした、初めて手にした一体の感触を今も覚えていて、手にとってしげしげと眺めて見る時がある。

この射的人形は騎兵とは限らない。良く知った骨董のショーに行った折、この射的人形と思しき白い胡粉を塗った大小様々な瀬戸物の人形があちこちのお店に一度に出品された所に出く

射的人形

わしたことがある。きっと、古くから集めていたコレクターが亡くなったかして、すべて手放したのが、骨董市場で数々の業者の手に渡ったのだろう。私は小踊りして店々を見てまわった。二百体以上あったろうに、私の目指す騎兵はたった二体しかなかった。だがそのうちの一体は、他の人形が軍帽を被っている中で、丸い帽子を被っていたのだ。もう一体は軍服が細かく彫られていて、持っているどれにも似ないおもしろい人形だった。こんな人形は今まで見たことがない。多くが今まで買ったり見たりした人形の五分の一位の値段であった。オールヌードの女神様に始まって子猫を背負った猫の人形、自転車に乗った女の子、椅子に座った軍人像など、欲しいと思った人形を調子づいて買いまくった。

あるお店では、まけてもらう代わりに木のケースごと買った。私はこのときから突然に、射的人形コレクターになってしまったのだった。小さな、しかも安価な物だったからできたことであって、これが抱き人形だったらこうはいかないだろう。

たとえ安い値段であっても、否、抱き人形にはすでに値段の相場があるから、多くはすぐに買える値段ではない。今から抱き人形の数を増やすつもりもない。飾る場所がもうすでにないのだ。

夫の住職は私の気持ちなど考えもしないで、とにかく抱き人形を見つけて来る。

「ほらお人形さんあるぞ、見せてもらおうぜ」

「だめだよ、もう抱き（人形）は箪笥が満杯だから」

「何いってんだよ、良い人形じゃないか、そんなこといわずに出してもらおうぜ」

私がぐずぐずしている間に、夫は店主に声をかけてしまう。しかもその後は私に丸投げで、隣でニコニコして、優しい旦那様を演じているのだ。私は、仕方なく、良いお客さんだといいなと思っているだろう店主から一抱えもある人形を抱かせてもらった。元々嫌いではないから、するりと抱き取って、赤ん坊をあやすように、良い子、良い子と子守歌の一つも歌いたくなってしまう。細い眉と目は笑っているように見える。今日の子（人形のこと）はえくぼまである。とても可愛い。店主は、色々と美点をあげて私に勧める。普段私がやっていることを、逆に私が受けているのだ。

おそるおそる値段を聞くと、私が売っている値段より少し高い。少しはまけてあげるからというけれど、仕入値より高い人形を買ってどうなる。夫は、可愛いじゃないか、などと呑気に笑っている。私は、夫のお尻を蹴とばしたい思いで、「今回は縁がなかったから」といい、顔中に残念でたまらない印を漂わせ始めた店主に人形を返した。そうして小さくバイバイといって、お店から出た。

「人形はもう買わないっていっているのに、何でまたお店の人に声かけるのよ」

「見せてもらうだけならいいじゃないか」

「抱いたら、このお客は買うかなって思うじゃないか。無駄な期待をもたせたら悪いじゃないの」

「そんなもんかな、暇しているんだからいいんじゃないか」

「私だって人形売っているんだよ。その私だって、人形抱かせてっていうお客が居たら、買ってくれるかって、多少は期待するもんだよ」

「まっいいじゃないか、おっ、あそこにも人形あるぞ、見て行くか」

このわからんちんめと、彼の腕を持っていたバックで叩いた。何するんだと夫が一歩退いた。

「もう抱き人形は買わないの。いつもいっているでしょ、これはってものでなければもう買わないのよ」

「ハイハイわかりましたよ。痛いじゃないか、まったく、目の色変えて人形見ていた人間はどこのどいつだよ、まったく何考えているんだか」と大袈裟に腕を揉んだ。

確かに、今だに売るためにお人形を買っている。ただしその値段が問題なのだ。ショーにやってくる買い手はまけてくれて当たり前と思っている。私もその点は考えて、買い値に多少の利益と、お勉強分というまけてあげる値段を上乗せしてある。したがって、私の売り値の半額位の値段が付いた人形でなければ、いくら良い人形さんでも私は商売にならないのだ。顔つきや、人形の状態、作者など、あらためなければならない点も多い。

趣味で集めている抱き人形だが、今は置き場所に困る位集まってしまったから、余程値段が安いか、驚く程に見目麗しい一品でなければ買わない。そこが商売とコレクションの違いだ。私は、売る人形はちゃんと一度は裸にして状態を見る。明治時代位の抱き人形は手足を薄い水色の縮緬で胴体に留めてあることが多い。その水色縮緬は時代が経っているために脆くなっているものが多い。それを放っておくと手足の欠損につながってしまうので、私は新しい縮緬で直しておく。着物も縮緬や錦紗で新しく仕立てて着せる。それなりに手間をかけているのだ。それだから、市場か個人から安く譲ってもらうのでない限りショーでは買わないのだ。それを、夫は今一つ考えが足りないのだ。まったく困ったもんだと、溜め息をつく。

夫に肩を小突かれて、我に返る。

「ほら、半筒があるぞ」

「えっどこどこにあるの？」

いい気なもので、半筒（半猪口とも呼ばれる瀬戸物）は私の頭のコレクションのど真ん中にあるので、すぐに見に行く。まずはお店の入口に立って、遠目で柄を確認する。大概は持っている物の方が多いのだけれど、ちょっと変わった物があればお店へ入って行って店主に声をかける。

半筒

「ちょっと見せてもらえますか?」

「手に取ってもいいですか?」

この声かけは、骨董品を扱う上で必要なことだ。勝手に触ると店主から叱られたりする。特に割れやすい瀬戸物を手にする時には、絶対に必要な礼儀である。そうやって声をかけておけば、店主は「どうぞ自由に見て下さい」といってくれるはずだ。

背の高い夫の方が腕を伸ばして商品を手に取る。

「これもっているかな?」

「どうだろう、似たのはあったと思うけど」

「値段はいくらだろう、あ、一万八千円て書いてある、安いじゃないか」

「じゃあ、どうするの、欲しいの?」

「まけてくれるか聞いてみようよ」

その後の交渉は私の役目だ。

「この半筒、欲しいんですけど、少しお勉強してくださいませんか?」

ちゃんと〝欲しい〟といって交渉するようにしている。この頃では、欲しい物があったらまず品物をよく見て、すぐに値段交渉に入るようにしている。そこでまけてくれたなら、何もいわずに買う。いともあっさりした買い物になっている。

店主に甘えて、もっとまけてくれなどとはいわない、ただ出所を聞くことはある。

「そうですねえ、珍しい形ですからねェ」

と、今度は店主の方が、こびて来た。半筒のことをよく知らないようだ。

「少しまけてくれませんか。私達はこの半筒の型だけを集めているんですよ」

「そうですね、一万六千円でどうでしょう」

「それじゃあいただきます」

それで包んでもらっておしまい。

以前は店主と半筒談義をよくしたものだ。品物は特上なのに、店主の知識があまりないと、こちらが情報を与えたりして、買物を楽しんだものだ。それも今では、これはという一品に出合わないから、知った所へ「半筒入りませんか?」「この頃ないですねぇ」で、他の古伊万里を見ないのでお店に入ることもない。

ショーを一まわりすると一点、良くて二点見かけるが、それもほとんど持っている物ばかりで、なかなかコレクションは増えない。

今はそれでいいと思っている。

22　骨董市場いろいろ

この頃のTV鑑定番組を見ていると、インターネットで骨董を買う人の多いのに驚かされる。現物を見ないと信じられない私にとっては、よく画面だけの情報で、品物を買えるなぁと思わざるを得ない。現物を見ていて、手にしてさえも、直しや偽物をつかまされたことのある私には、インターネットで骨董品を買う人々を、勇気のある人だと心から思う。

番組だから面白おかしく作ってあるのだろうが、買い値の何倍にも（あるいはそれ以上のことも）なって儲けたと喜んだり、反対に一万円で買ったものを、これは掘り出し物だと三百万円などと欲をかいて、千円だなんて恥をかく人がいる。もっと悲劇は、三百万円で買ったものが偽物で一万円だったたという話だ。

でも店で買ったって、店主の心の善悪にかかわらず、偽物はやっぱりあるわけだ。

番組でお人形を出した人がいて、これが一番奥にしまってあったからきっと高価なものだと思うといっていたが、一応人形プロの私の目には、なんでこんなものを持って来たのだろうと思える、新しい、一目見てこれは価値のないものだとわかった。案の定、鑑定結果も安くてがっかりしていた。他にあった人形は、メルカリと呼ばれるサイトで安く売ってしまって、「良いお人形を安くわけて頂いてありがとう」のコメントが沢山あったという。きっと、そちらに出した人形の方が、見た目に古くて遊んであったとしてもコレクターには価値のあるものだったのではないかと思う。私の所へ持ち込まれたら、ちゃんと価値がわかって買ってあげたのに。インターネットに物の価値を知らない素人が品を出すと、そんなお宝が出ることがあるのだろう。

私は骨董の市場に行くことが多いが、今思っても買っておけばよかったと思うものがある。その一つは古い話で、私がまだ開文堂のおっちゃんと骨董を買っていた時のことだ。小振りの箪笥が出たことがあった。それも二棹も。上部に引き戸が付いていて、その下には小引き出しが二つ。下部は、着物と帯と長襦袢がちょうど一組ゆったり入る大きさの平たい引き出しが、確か七段くらい付いていた。可愛い大きさだ。

会主の発句は一棹八万円。だが誰も手を上げない。

品物を出した白髪の老骨董店主が、余程売りたかったのだろう、セリ場まで出て来て、皆んなの前で引き戸を外して見せた。

「ほら、こんな凝った作りなんだよ」

引き戸は普通、模様は表側だけで、裏は唐紙のように紙などが張ってあることが多い。しかしこの箪笥は違っていた。引き戸は一枚板で作られていて、しかも表にも裏にも蒔絵で山水なんかが描かれている。どちら側も表として使えるようになっていたのだ。四面にもそれぞれ、四季を表した絵が描いてある。

こんな凝った意匠は今まで見たことがない。しかも、各引き出しの取っ手と、その押えも皆形が違って、銀でなければ四分一か赤銅で作られているのだろう。

よく見れば、引き出しの角にも段々の中身を区別するかのように、秋草とか花菖蒲とか桜なんかの蒔絵が描かれているのだ。驚くことに、一棹は黒（もしくは縞）柿、もう一棹は玉杢（たまもく）（欅の丸い模様のある高級な材）でできているのだ。材は異なるけれど、二棹で対だ。共に模様は違っていても、大きさは同じだ。

老店主の外した引き戸がまわって来たので、手に取ってよく見た。一面は八つ橋で（かきつばたの咲く池に、八つの橋がかかっている、古典にのっとった図柄）、裏は紅葉狩りの図、狩衣を着た平安貴族が酒宴をしている姿が蒔絵で優雅に描かれている。この板だけで芸術品だ。

おっちゃんとその板を見て、私は小声で、

「私、ちょっと欲しいよォ」といったら、おっちゃんは、今時こんな箪笥は売れはしない、買ってはだめだといって、板をさっさと隣の人にまわした。おっちゃんの車に乗って連れて来てもらっているのだ。持って帰る方法のない私には、おっちゃんがダメというこんな大きな箪笥は買えなかった。

すでに着物を着る人が急にいなくなって来た時だったのだ。人間国宝の作家の手になる着物だって、余程、程度の良い物でなければ市場でも売れなくなって来ていた。

だから、場所を取る箱物なんか売れはしないのだ。きっと趣味人がオーダーで作らせた品で、作られた時は凄く高価だったのだろうが、どんな経緯でこんな場末の日銭稼ぎが主な骨董屋ばかりが集まる市まで流れて来たのか。全くわからないが、老店主の「五万円でもいいから」という声を聞いても、気の毒にも誰も手を上げる人間はいなかった。

私はその時、物凄くもったいないなぁと思ったのだ。二棹で十万円は当時の私にはとても高い買い物だった。だが、この箪笥を見れば桁違いに安い。こんな物は需要が生じないのだから、今後ますます作られることは少なくなるだろう。必要とする人がいなくなったから市場へ出たのだ。

あの時、おっちゃんが何といおうと買っておけばよかったなぁと、今も悔やんでいる。宅急便で送るなんて思いつきもしなかった。特に今の私は着物を着ることが多くなったから、余計にそう思う。あんな箪笥、今どこを見ても見当たらない。物がシンプルになったといえば聞こえはいいが、要は品物に手を掛けなくなった。作る職人さんも居なくなったのだろう。あの箪笥と出合う時期が早過ぎたのだ。その当時、お茶とお琴を習っていたけれど、中振袖と小紋を一枚ずつ持っていて、どこの会に行っても、そのどちらかを着て行けばことが済んでしまった。まだ子供と見られていたから、いつも写真に同じ着物で写っていても気にはしなかったものだ。

今みたいに、お呼ばれの結婚式とかお祝いの会に何を着て行ったか、いちいちノートに覚え書きをして、なるべく同じ場所では着物が重ならないように気を使う必要なんてなかったのだ。あの箪笥はどうなってしまったのだろうか、今もって、悔やむ一品なのである。

市場の思い出が、もう一つある。私が骨董屋を始めてからのことだ。

ある田舎の骨董の市に、種子島が出たことがある。あの鉄砲伝来の種子島銃である。しかも三丁も。歴史の教科書にも載っているメジャーな武器だ。砲身には銃の保持の許可証が巻き付けてあるから、一応本物に間違いはない。出品したのは知っている店の老店主だ。今は、息子さんが主になって店を切り盛りしている。老店主は武具が好きだったのだろう、お店の半分は、刀剣とか甲冑とか、いまや骨董の世界においても古臭いもので埋まっている。

私は、その店で、息子さんが奥から出して来る、昔しの値段のままの安い伊万里が欲しくて、よくその店に通ったものだ。

その店の種子島銃が、三丁で、会主の発句は八万円だった。

店で定価を知っている私は、あり得ないと思った。すぐにあちこちから声が掛かって、場は競るのかと思ったら、誰れ一人として声を掛ける人はいない。それどころか、あたりはシーンとしてしまったのだ。会の間中、たとえば興味のない品が出ていたら、仲間同士で話をするとか、連れ合いがいれば値段を話し合うとか、欲しい物が出るまで何やかや会話は聞こえるはずだ。それが誰もが押し黙っている。

お寺の床の間に銃をピカピカに磨いて飾ったら、格好いいなと思った。それに、小学生の息子の「体験学習の日」、つまり親がどんな仕事をしているかを語って学ぶ日に、これが本物だゾと持って行ったら、子供たちが喜ぶのではないかと思ったくらいだ。私達夫婦は変わった職業だということですでに呼ばれて、夫はお寺とはこういう所で仕事は何かと話した。少し難し過ぎたかなぁと、あまりうけなかった夫は語るのだ。私はというと、子供の喜びそうな骨董品を持って行って、もちろん許可をもらって、手を上げて答えた子にはキャンディをあげたので盛り上がった。他にはパン屋さんとかお花屋さんなど、子供が将来なりたいというお店屋さんが学校側に選ばれて、パンの試食会とかお花をもらったり、人気の日なのだ。

その種子島に誰も声を掛けない。まるで声を掛けては悪いようなあまりにも異様な雰囲気で、私は欲しいのに声が掛けられない。

「八万円、誰かいないの?」

再び会主が声をあげたが、応える人は誰もいないので、銃は下げられた。

なんだったんだろう。

単に種子島なんてものが、時節に合わなくて、すでに売れないと皆が思ったのか。それとも私が八万円で落したなら、会が終わった後で肩たたかれて、

「オジョウあれ、訳ありだから、これで勘弁な」

と二万円上乗せして買い戻されるってことになったのかもしれない。

会場は皆んな知り合いだ。「うちの親爺がぼけちゃって、店の物持ち出したら買わないで欲しい」という回状がまわっていたとか、何とでも考えられる。

私はそら恐ろしく思えて、まわりのおっちゃん達に種子島銃に関して何も聞けなかった。

その日は、知人の車に乗せてもらったからイッシィはいなかった。彼にその話をすると、

「ふーん、何だったんだろうね。誰かに聞いといてやるわ」

といっていたけれど、今だに何も教えてはくれない。

イッシィもいえない暗闇があった、なんてね。

うらた　ひさの

法名、昂明（こうめい）。昭和 32 年生まれ。大妻女子大学文学部国文学科近代言語学科卒業。大学 3 年時に「郵便用語における紀念・記念」の研究で大妻国文紀要に論文掲載。卒業後、東大医学部にて教授秘書に就職。昭和 60 年安養院住職と結婚。

昭和 65 年頃から青樹社『寺と生活』誌上で「はっする奥さん日々是好日」を約３年半掲載。PHP 社より「安住（あずみ）じゅの」の名で、西川勢津子氏と共著を出版。寺の寺務のかたわら、山門下に、骨董店「ことぶきや」を開業。

天台宗寺報誌などにエッセイなど、多数寄稿。目黒カルチャースクール「小説の文学賞をめざそう」講座に入会。今日に到る。

自坊内に有るチベット美術品を展示している、ひかり美術館のアドバイザーをおこなっている。


私（わたし）、骨董屋（こっとうや）やってます

二〇二〇年二月二十七日印刷
二〇二〇年三月　十二　日発行

著者　浦田寿乃
発行者　飯島徹
発行所　未知谷
東京都千代田区神田猿楽町二‐五‐九
〒一〇一‐〇〇六四
Tel.03-5281-3751 ／ Fax.03-5281-3752
［振替］00130-4-653627

組版　柏木薫
印刷　ディグ
製本　難波製本

Publisher Michitani Co. Ltd., Tokyo
ISBN978-4-89642-605-2　C0095